WISHBOOKS MODERN FANTASY STORY

예성 장편소설

KB012984

 7

예성 장편소설

초판 1쇄 찍은 날 | 2018년 5월 11일
초판 1쇄 펴낸 날 | 2018년 5월 18일

지은이 | 예성
펴낸이 | 예경원

기획 | 위시북스
편집책임 | 이규재
편집 | 이즈플러스

펴낸곳 | 예원북스
등록번호 | 제396-2012-000132호
등록일자 | 2012. 7. 25
KFN | 제1-258호

주소 | 경기도 고양시 일산동구 호수로 646-24 위너스21 II 빌딩 206A호 (우)10401
전화 | 031-819-9431 팩스 | 031-817-9432
E-mail | yewonbooks@naver.com

ISBN 979-11-6098-942-7 04810
     979-11-6098-694-5 (set)

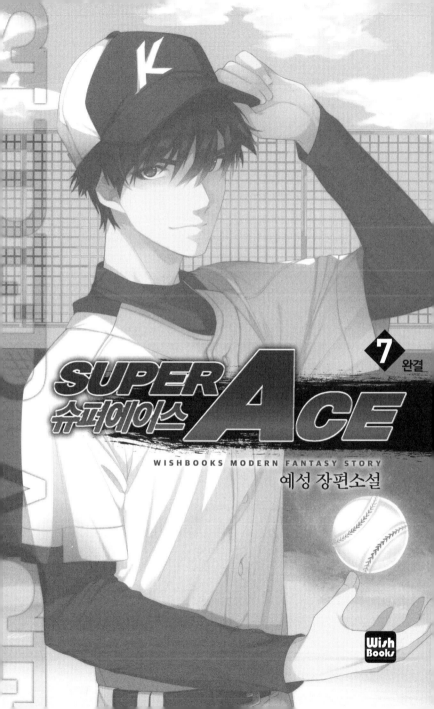

CONTENTS

1장
포스트시즌을 향해 달려라

에이스가 돌아왔다. 그와 동시에 리드오프가 빠졌다.

그 두 가지가 겹치면서 인디언스 팬들은 울 수도 웃을 수도 없었다.

벌써 9월이다.

인디언스는 여전히 포스트시즌 진출을 확정짓지 못했다. 정상적이라면 진즉 포스트시즌 진출을 확정지었어야 했다.

하지만, 페르나의 공백으로 인해 생긴 잠깐의 부진이 뼈아팠다.

'9월이 중요하다.'

후반기의 성적에 따라 포스트시즌 진출이 결정된다. 자칫 잘못해 연패에 빠지기라도 한다면 인디언스는 포스트시즌 진출에 실패할 가능성이 있었다.

부분적 리빌딩을 택한 인디언스지만 여기까지 온 이상 포스트시즌 진출은 욕심이 날 수밖에 없었다.

'그러기 위해선 더 이상의 부상은 안 된다.'

벌써 주축 선수 두 명이 빠졌다.

만약 한두 명의 선수가 더 부상으로 빠진다면 정말 어려워질 수도 있었다.

레온 감독은 직접 선수단을 소집해 부상에 대해 당부를 했다.

"열정적인 플레이도 좋지만 언제나 부상을 조심해 주시길 바란다. 정규 시즌도 얼마 남지 않았으니 다들 건강하게 시즌을 마쳤으면 좋겠다."

의도를 아는 선수들은 고개를 끄덕였다.

플레이오프를 위해서 더 이상 주전급 선수들의 이탈은 없어야 했다.

하지만 모든 선수가 그 의도를 아는 건 아니었다. 아직 경험이 적은 이들은 그저 통상적인 회의라고 생각을 했다.

그리고 그 차이는 매우 크게 나타났다.

[인디언스의 부상 악몽, 언제까지 이어질 것인가?]

주전 포수 페르나, 주전 유격수 파렐의 부상은 인디언스의 입장에선 최악의 결과였다.

그나마 다행인 건 페르나의 대체 자원으로 박형수를 발굴

했다는 사실이다. 또한 그의 숨어 있는 포수로서의 능력 역시 발견됐다는 게 인디언스의 입장에선 천운이었다.

문제는 부상 선수가 거기서 끝나지 않았다는 점이다.

[우익수 하파엘 선수, 멋진 다이빙 캐치로 아웃 카운트를 올립니다. 아, 그런데 좀 이상하네요. 바로 일어나질 못하고 있습니다.]

하파엘은 방금 전 타구를 환상적인 플레이로 잡아냈다. 일명 슈퍼맨캐치로 불리는 그것으로 아웃 카운트를 올렸지만 다시 일어나질 못했다.

한참 동안 누워 있던 그가 다시 몸을 일으켰다.

"후우……."

크게 한숨을 내뱉는 그의 모습이 카메라에 잡혔다.

[고통스러운 표정인데요. 괜찮을까요?]

[다이빙 캐치는 보는 입장에선 무척 좋은 플레이지만 선수의 입장에서는 위험한 플레이이기도 합니다.]

[더그아웃의 레온 감독, 초조한 표정으로 나오려 했습니다만 하파엘 선수가 괜찮다는 사인을 보내네요. 그제야 안도의 한숨을 쉬는 레온 감독입니다.]

[벌써 두 명의 주전 선수가 빠진 인디언스입니다. 포스트시즌 진출을 위해서는 더 이상의 전력 공백은 위험합니다.]

시즌이 거듭되면 될수록 선수들의 컨디션은 떨어진다. 자잘한 부상들을 입게 되고 그로 인해서 자연스럽게 전력 공백이 생긴다.

전력에서 뺄 수 없거나 부상의 경미함이 낮은 선수들은 부상을 입고 경기를 뛰는 이들도 있었다.

하파엘 역시 그 점을 잘 알고 있었다.

'무릎이 아프다.'

방금 전 다이빙 캐치를 할 때 착지를 잘못했다. 다리를 들어 올리면서 배부터 떨어졌어야 했는데 무릎이 먼저 떨어졌다.

그로 인해 통증이 계속되고 있었다.

하지만 말할 수 없었다. 불과 며칠 전에 감독이 직접 선수단을 모아 당부를 했었기 때문이다.

'이제부터 부상자는 팀에 영향을 끼치게 된다. 참을 수 있으면 이를 악물고 참아야 돼.'

하파엘만이 아니었다.

인디언스는 그간 부상자가 없는 팀으로 유명했다. 실제로 페르나의 부상 이전까지 주전 선수가 이탈한 경우는 거의 없었다.

그 이유는 선수단이 젊은 것에 있었다. 젊은 선수들은 자신의 위치에 대해 확고한 믿음이 없다. 특히 1~2년밖에 되지 않은 선수들은 불안감이 있을 수밖에 없다.

정말 톱클래스의 선수를 제외하고는 언제나 유동적일 수밖에 없기 때문이다.

그렇기 때문에 애초에 빈자리를 주고 싶어 하지 않는다. 비어 있게 된다면 언제 어디서 예상치 못한 선수가 튀어나올지 모르니 말이다.

그런 이유로 자잘한 부상은 아예 보고도 하지 않은 채 참고 경기를 뛰는 선수가 많았다.

문제는 후반기에 접어들면서 그런 선수들은 하나둘 위험에 노출이 된다.

사람의 몸은 부상을 입게 되면 그 부위에 들어가야 될 힘을 다른 부위를 이용해 사용하게 된다.

즉, 다른 부위에 가해지는 부하가 심해진다는 의미다. 일반인이라면 큰 무리가 없겠지만 신체의 부위 하나하나에 많은 힘이 가중되는 프로 운동선수들에게는 치명적이었다.

그럼에도 불구하고 참았다.

자리를 지키기 위해서 말이다. 부상으로 은퇴하는 건 먼 미래의 일이지만 당장 자리를 빼앗기는 건 눈앞의 일이었다.

프로 선수라고 해서 특별한 건 없었다.

그들 역시 사람일 뿐이다.

하파엘은 그렇게 자신의 부상을 감추면서 경기를 이어 나갔다.

인디언스의 성적이 뚝 떨어졌다.

시즌 후반에 다다르면서 지친 이유도 있었다. 아무리 프로 선수라 하더라도 시즌이 끝나가는 무렵엔 어쩔 수 없이 체력의 한계를 느끼게 된다.

문제는 뒷받침해 줄 백업 요원들이 있느냐는 부분이었다.

아쉽게도 인디언스는 백업 선수층이 두텁지 못했다. 간단히 말해 주전과 백업의 수준 차이가 크다는 소리였다.

그러다 보니 주전들이 쉴 시간을 주지 못했다.

후반기에는 더더욱 체력 보존이 필요함에도 불구하고 말이다. 휴식을 취하지 못한 선수들은 자연스레 성적의 하락으로 이어졌다.

특히 무력한 경기가 이어지는 날들이 많았다. 인디언스의 가장 큰 매력은 공격력과 포기하지 않는 끈기에 있었다.

젊은 선수들답게 지는 경기에서도 포기하지 않고 역전을 하는 경기가 많았다. 실제 데이터에서도 7회 이후 역전승을 가장 많이 거둔 메이저리그 팀으로 나왔다.

한데 후반기에 접어들면서 그런 모습이 사라졌다. 초반에 실점을 하면 따라가지 못하고 패배로 이어지는 경기가 많아졌다.

한두 경기야 그렇다고 할 수 있었다.

하지만 그런 경기가 많아지자 경기장을 찾는 관중의 숫자가 확연히 줄어들었다. 동시에 관련 물품들의 판매 역시 급감했다.

메이저리그 구단들은 각종 수익으로 움직이는 일종의 회사라고 할 수 있었다.

그중에서도 높은 비중을 차지하는 것이 바로 선수들의 물품 그리고 입장료였다.

그 비율이 줄어들자 구단 내부에서도 우려 섞인 목소리가 나오기 시작했다.

그런 상황에서 구단이 미소 짓게 하는 날이 있었다.

바로 영웅의 등판일이었다.

[프로그레시브 필드에 오랜만에 활기가 도네요.]

[에이스 강영웅 선수의 등판일에는 언제나 이런 모습이죠. 클리블랜드 시민이 모두 그의 등판을 기원하고 있습니다.]

[그럴 수밖에 없죠. 최근 인디언스가 승리하는 날은 강영웅 선수가 등판하는 날이니까요.]

[만약 강영웅이 없었다면 인디언스는 이미 선두 자리를 디트로이트에게 내주었을 겁니다.]

[타이거즈 역시 최근 부진을 하고 있죠?]

[최근 5경기에서 2승 3패를 거두었습니다. 사실 타이거즈만이 아니라 후반기에 접어들면서 선수들의 성적이 떨어지고 있죠. 특히 전력질주를 해온 상위권 팀들이 그런 경향이 두드러지고 있습니다.]

[그런 점에서 보았을 때 강영웅 선수는 참으로 이질적인 선수입니다.]

[동의합니다. 메이저리그 역사를 보더라도 이런 선수를 찾는 건 어렵습니다. 젊은 나이에 실력은 물론이거니와 내구력까지 갖추고 있습니다.]

내구력.

이는 많은 걸 의미한다. 체력 그리고 투수라면 한 경기에 던질 수 있는 투구 수, 마지막으로 시즌 전체를 치를 수 있는 강인함까지.

이런 것들을 통틀어 내구력이라 칭한다.

대부분 신인급 선수는 이런 부분을 가지지 못한다. 신인들은 초반에 많은 힘을 써서 중반이나 후반이 되면 체력적인 부분에 무리를 느낀다.

그로 인해 성적이 떨어지는 일들이 비일비재했다.

하지만 영웅은 처음과 끝 모두 비슷한 성적을 유지하는 선수 중 한 명이었다.

신인으로는 매우 이례적인 일이었다. 그리고 그 모습은 팀이 위기에 빠진 지금도 여전했다. 아니, 오히려 이전보다 더 강력한 모습을 보여주고 있었다.

뻐엉-!

"스트라이크! 배터 아웃!"

[두 번째 타자 역시 삼진으로 돌려세웁니다. 오늘 경기 두 번째 탈삼진입니다.]

[전광판에 99마일이 기록됐습니다. 시즌 후반이 되었음에도 여전히 강력한 구위와 빠른 구속을 보유하고 있어요.]

[특히 최근 3경기는 매우 인상적입니다. 3경기 연속 8이닝 이상을 책임지고 있습니다.]

[팀이 어려운 상황이기에 더욱 빛을 보이는 모습이죠.]

마운드 위의 영웅은 굳건했다. 공을 던지는 모습에 거침이 없었고 그 어떤 타자가 나오더라도 맞지 않았다.

이름 그대로 위기를 구하는 히어로 같은 모습에 인디언스 팬들은 환호를 질렀다. 시간이 지날수록 위상은 더욱 높아졌고 클리블랜드를 비롯해 전미에서 그의 이름이 울려 퍼졌다.

모든 매체가 영웅의 활약에 찬사를 보냈다.

선수들 역시 그런 영웅에게 더욱 기댔다. 그들의 마음속에는 한 가지 믿음이 있었다. 영웅이 등판을 하면 경기에서 이긴다. 최소한 8회까지는 이기는 경기를 할 수 있다. 라는 믿음이 말이다.

그래서일까? 선수들은 공수에서 힘을 내었다.

오늘도 마찬가지였다.

따악—!

[쳤습니다! 2루 베이스 위를 지나는 깔끔한 안타입니다! 3루에 있던 박형수 선수 홈으로 들어옵니다. 로건 선수 오늘 경기 멀티히트를 기록합니다.]

[좋은 타격이 이어지는군요.]

[오늘 경기 3점을 올리는 인디언스입니다.]

6회.

벌써 3점의 리드를 등에 업었다.

더그아웃에서 그 모습을 지켜보는 영웅의 입장에선 마음이 편해질 수 있었다.

'아직 투구 수는 여유가 있다.'

시즌 후반이라는 점을 보았을 때 교체도 가능한 상황이다.

문제는 인디언스가 그럴 여유가 없다는 점이다.

현재 불펜진에서 믿을 만한 선수는 존슨밖에 없다.

하지만 그는 클로저다. 게임을 끝내기 위해 마지막 순간에 등판해야 되는 선수였다.

문제는 앞서 나오는 셋업맨이나 필승조였다. 원래 인디언스는 계투진이 강하다는 평가를 받지 못했다.

오히려 약점으로 지적을 받았다. 그동안 폭발적인 타격으로 그 약점을 막아왔던 인디언스다.

하나 지금은 타격이 침체기에 빠졌다. 만약 계투를 올려 동점 혹은 역전을 당하게 되면 따라갈 힘이 부족한 것이다.

그러다 보니 레온 감독의 고민은 깊어질 수밖에 없었다.

'영웅을 쉬게 하고 싶지만……'

매번 하는 생각이었다. 머리로는 그를 쉬게 해야 된다는 걸 알고 있었다. 여전히 강력한 모습을 보여주고 있지만 시즌 후반이다. 그 어떤 철인이라 하더라도 체력적으로 문제가 생기는 순간이었다.

그러나 가슴은 그러지 못했다. 불안감을 가지고 있는 상황에서 다른 투수를 올릴 수 없었다.

무엇보다 타이거즈가 뒤를 바짝 쫓아오고 있었다. 도망가야 하는 순간이기에 영웅에게 달콤한 휴식을 주기에 무리였다.

'일단은 영웅으로 간다.'

레온은 결정을 내렸다.

충분히 앞서고 있는 상황에서도 영웅을 내리지 못했다.

오늘만의 일이 아니었다. 이전에도, 그리고 그 이전에도.

레온 감독은 같은 결정을 내리고 있었다.

[강영웅 시즌 23승 달성!]

[클리블랜드 인디언스의 강영웅 선수가 신시내티 레즈를 상대로

시즌 23승을 거두었습니다. 프로그레시브 필드에서 열린 신시내티 레즈와의 대결에서 강영웅 선수는 8이닝 무실점 17탈삼진이란 완벽한 성적을 올리며 승리 투수가 되었습니다.]

영웅의 개인 타이틀 사냥이 시작됐다.

선발 투수에게 중요한 타이틀은 3개로 본다. 평균 자책점, 다승, 그리고 최다 탈삼진. 이 세 가지를 합쳐 트리플 크라운으로 부른다. 톱클래스의 선수들조차 이루기 힘든 그 기록을 3년 연속 도전하고 있었다.

하지만 올 시즌에는 변수가 있었다.

바로 다승이다.

[현재 메이저리그 다승 순위를 보시죠.]

화면이 바뀌고 표가 나타났다.

[1위는 LA다저스의 커쇼 선수입니다. 2년 연속 강영웅 선수에게 다승 1위를 뺏긴 커쇼 선수, 하지만 올 시즌에는 25승으로 리그 전체 1위를 달리고 있습니다.]

[하지만 리그가 다르기 때문에 직접적인 경쟁자라고 보긴 어렵습니다. 같은 아메리칸리그로 한정을 지으며 역시 오오타니 선수가 있겠죠.]

[맞습니다. 오오타니 선수는 현재까지 24승으로 강영웅 선수보다 1승을 앞서고 있습니다.]

오오타니는 올 시즌 최고의 모습을 보여주고 있었다. 100

마일을 넘나드는 강속구는 여전했고 거기에 커맨드까지 좋아져 웬만한 타자들도 공략하기 어려울 지경이었다.

승운도 좋아 어느덧 24승, 다승 1위에 올랐다.

일정상 영웅에게 남은 경기는 앞으로 4경기. 오오타니는 3경기이기에 따라잡을 가능성은 충분히 있었다.

페이스 역시 나쁘지 않았다.

[시즌 후반인데도 강영웅 선수는 여전한 내구력을 보여주고 있습니다.]

[지금까지는 시즌 후반이 되면 힘들어하는 게 눈에 보였는데 말이죠. 최근 4경기 연속 퀄리티스타트 플러스를 기록하고 있습니다.]

[팀이 어려운 상황이기에 더욱 빛나는 모습입니다.]

[일각에서는 오버페이스가 아니냐는 의견도 있는데요?]

[그건 아닐 거라고 봅니다. 이미 3번째 시즌이니 페이스 조절은 잘하지 않을까요?]

[하하! 그렇겠죠?]

많은 사람이 그렇게 생각했다.

클리블랜드.

영웅은 집에서 휴식을 취하고 있었다.

"후우……."

침대에서 상체를 일으키는 그의 입에서 깊은 한숨이 흘러

나왔다.

'좀처럼 몸이 회복되지 않아.'

몸이 뻐근했다.

어깨는 묵직했고 허리는 무거웠다. 등판을 하고 벌써 이틀이란 시간이 지났다. 지금쯤이면 가벼운 피칭을 해도 충분히 가능한 시기다.

평상시라면 말이다.

하지만 최근에는 그러지 못했다. 시즌을 거듭하면서 회복 속도가 느려졌다.

그로 인해 체력적인 문제가 생겼다. 그런 상황에서 이닝을 길게 가져가고 있었다.

팀의 사정 때문이다. 페르나와 파렐이 주전에서 빠졌다. 두 선수는 팀 타격의 1/3을 책임지고 있다 할 수 있었다.

또한 페르나는 안방마님이다. 팀의 중심적인 역할을 해왔다. 그런 페르나의 이탈은 치명적이었다. 이어서 주전 선수가 연달아 이탈을 했다는 건 선수들에게도 충격으로 다가왔다.

팀 분위기가 떨어지는 건 당연한 일일 수도 있었다. 그런 상황이기에 영웅은 더욱 힘을 냈다.

긴 이닝을 책임졌다. 다른 선수들에 대한 부담을 덜어주기 위해서다.

영웅은 책임감이 강했다. 많은 연봉을 받으면 그만큼 좋은 성적을 내야 된다고 생각했다.

세간에서 연봉 대비 성적이 너무 좋다, 이런 이야기를 하지만 영웅에게는 상관없는 일이었다.

영웅은 인디언스에 애정이 각별했다. 자신을 응원해 주는 팬들이 있기 때문이다. 그들에게 보답을 할 수 있는 일은 바로 성적이었다.

포스트시즌은 팬들에게 특별한 경험이다.

그 시기의 응원은 페넌트레이스의 어떤 경기보다도 열광적이었다.

그것을 경험해 보았기에 영웅은 포스트시즌 진출을 간절히 원했다.

또 한 가지.

'작년의 빚을 갚아야 된다.'

작년 부상만 아니었어도 인디언스는 월드시리즈 진출까지 가능했을 것이다.

그렇기에 영웅은 마음의 빚을 가지고 있었다.

팬들에 대한 빚을 말이다.

'더 노력해야 한다.'

그는 다시 한번 마음을 다잡았다.

뻐억-!

"스트라이크! 아웃!"

[98마일의 빠른 공이 미트에 꽂힙니다! 타자 꼼짝도 하지 못하고 지나가는 공을 지켜봅니다!]

[코스가 절묘했어요. 몸 쪽에 바짝 붙어오면서 휘어져 들어갔기 때문에 칠 수 없었습니다.]

[오늘 경기 9번째 탈삼진을 기록하는 강영웅 선수입니다. 탈삼진 개수는 평소보다 조금 줄었습니다.]

[이런 날도 있는 거죠. 하지만 경기 후반인 7회가 되었음에도 구속은 떨어지지 않고 있습니다. 아직 체력적으로 괜찮다는 거죠.]

[해가 거듭될수록 체력이 좋아지고 있습니다.]

[20대 초반이기 때문이죠. 어른이기는 하지만 육체는 아직 성장할 때입니다. 강영웅 선수가 메이저리그에 진출한 이후 신장은 계속 컸습니다. 체중 역시 늘었죠.]

뻐억!

"스트라이크!!"

[원 아웃을 잡은 상황에서 두 번째 타자에게 초구 스트라이크를 던집니다! 이번에도 구속은 96마일이 찍혔습니다!]

마운드 위의 영웅은 굳건했다.

어깨가 다소 들썩거리기는 했지만 표정만큼은 변하지 않았다.

언제나 포커페이스를 유지했다. 과거 돌부처라 불리던 한국인 투수처럼 말이다. 그런 모습은 스태프들에게 큰 믿음을 주었다.

"아직 여력이 남아 있나 봅니다."

투수 코치의 말에 레온은 아무 반응도 보이지 않았다.

뻘쭘해진 코치의 시선이 다시 영웅에게 향했다.

'여력이 남아 있다고? 과연 그럴까?'

사실 레온은 영웅의 상태를 의심하고 있었다.

그는 냉정한 사람이었다. 에이스인 영웅에게 기대면서도 여러 방향으로 그의 정보를 모으고 있었다.

'확실히 좋은 피칭을 이어간다. 긴 이닝도 책임져 준다. 그렇기에 감독의 입장에선 기댈 수밖에 없게 하는 선수다.'

문제는 과거에도 그랬었다는 거다. 인디언스는 최근 3년간 감독이 매번 바뀌고 있었다.

레온 감독은 그 이유를 궁금해했다. 외부에서는 이유를 찾을 수 없었지만 직접 경험하니 알 수 있었다.

'강영웅 때문이다.'

그는 얼마 전 자신의 생각을 떠올렸다.

영웅이기에 믿을 수 있다.

그를 더 마운드에 올리고 싶다.

평소라면 하지 않았을 생각을 그는 하고 말았다.

당시에는 크게 생각하지 않았지만 며칠이 지난 후 냉정을 찾은 뒤에는 스스로 경악을 했다.

'지도자의 길을 택하면서 절대 하지 말아야 할 선택으로 꼽았던 생각을 스스로 하고 있었다.'

아이러니한 일이었다.

뛰어난 선수를 곁에 두는 건 감독으로서 최고의 상황이다.

하지만 그것이 최악의 독이 될 수도 있었다.

한 선수에게만 기대게 되면 자연스레 과부하가 걸릴 수밖에 없다.

그걸 조절해야 하지만 믿음이 크기에 그럴 수도 없다.

레온은 과거 그런 사례를 여러 차례 경험했다.

선수일 때는 직접적으로, 지도자가 된 이후에는 간접적으로 경험을 했다.

그 결과 사라진 유망한 선수를 많이 봐왔다.

그렇기에 자신만은 그러지 않기로 다짐을 했었다.

한데 자신도 모르게 그걸 잊어버리고 있었다.

'성적에 눈이 멀었다.'

리그 1위. 대단한 성적이었다. 리빌딩을 택한 상황이기에 더 빛이 났다.

문제는 그 상황에서 욕심이 났다는 것이다. 조금만, 조금만 더 노력을 한다면 포스트시즌 진출이 가능하다.

그렇게 되면 자신의 명성과 경력이 한층 더 발전한다.

원초적인 욕심에 결국 져 버렸고 레온은 자신도 모르는 사이 영웅에게 기대고 있었다.

'선수는 내가 지켜야 된다. 그것이 감독이 해야 할 일이다.'

딱—!

[쳤습니다!! 삼유간을 가르는 안타 코스!]

마음을 다잡는 순간.

영웅이 안타를 허용했다.

[6회 이후 첫 안타를 허용하는 강영웅 선수!]

[이번 공은 변화구였습니다. 하지만 너무 일찍 변화를 일으키면서 타자가 빠르게 대응할 수 있었어요.]

[악력이 떨어졌다. 이렇게 말할 수 있을까요?]

[예, 그렇게 봐야 될 거 같습니다.]

[어느새 투구 수도 90구가 넘었습니다! 더 이상은 한계일까요?]

[그건 아닐 겁니다. 최근 5경기에서 강영웅 선수의 평균 투구수는 107구였습니다. 아직 17개의 공이 여유가 있습니다. 7회는 무난히 넘길 수 있어요.]

오래 던진다.

최근 경기로 인해 영웅에 대한 이미지는 그렇게 잡혔다.

해설 위원들조차 영웅이 더 오래 던질 거라 예상을 했다.

동료들 역시 마찬가지였다.

후반에 안타 하나다.

다른 선수라면 위험할 수도 있다는 생각을 하겠지만 마운드에 있는 건 영웅이다.

에이스인 그에 대한 믿음은 놀라울 정도로 두터웠다.

'반드시 막을 거다.'

그런 믿음이 선수, 관계자, 팬들의 마음에 박혀 있었다.

하지만 단 한 사람은 아니었다.

[인디언스의 더그아웃이 움직입니다! 레온 감독이 직접 마운드를 방문하네요!]

[좋은 타이밍에 한 번 끊고 가는 느낌입니다.]

마운드에 방문한 레온과 영웅이 마주했다.

"오늘은 이쯤 던지는 게 어떠냐?"

"예? 더 던질 수 있습니다."

"아니야. 이쯤에서 마무리하는 게 좋을 거 같아. 이후의 일정도 생각하면 말이지."

"아직 충분합니다."

영웅은 고집을 부렸다. 현재 인디언스는 2점을 리드하고 있었다. 경기 후반임을 감안했을 때 충분할 수도 있지만 부족할 수도 있는 점수였다.

그렇기에 더더욱 7회까지는 자신이 책임지고 싶었다.

나아가 8회까지도 던지고 싶었다.

8회까지만 책임을 지면 나머지는 마무리인 잭슨이 맡으면 되니까 말이다.

하지만 레온 감독은 단호했다.

"동료들이 불펜에서 기다리고 있어. 이쯤에서 동료를 믿어보는 것도 나쁘지 않을 선택이야."

감독이 이렇게까지 말하자 영웅으로서도 고집을 부릴 수 없었다.

만약 고집을 부린다면 동료를 믿지 못하겠다는 말과 다름이 없었으니 말이다.

영웅은 이내 손에 쥐고 있던 공을 레온 감독에게 건넸다.

"고맙네."

공을 받아 든 레온이 구심에게 교체를 말했다.

[아~ 여기서 강영웅 선수가 강판이 됩니다!]

[이건 예상하지 못했네요.]

[90구가 넘었지만 이번 이닝까지는 강영웅 선수에게 맡기지 않을까 했는데 말이죠.]

팬들도 놀라긴 마찬가지였다.

아직 점수를 리드하고 있는 시점에서 영웅을 내리는 건 다소 이상한 선택이었기 때문이다.

하지만 레온의 판단은 틀리지 않았다. 지금 시점에서 영웅은 분명 과부하가 걸린 상황이다.

굳이 무리를 시킬 필요는 없었다. 에이스가 기분이 상하지 않게 잘 이야기를 했다.

이제 해야 할 것은 남은 선수들을 다독여 위기를 벗어나면서 팀을 승리로 이끄는 일이었다.

'여기부터 내가 해야 될 일이다.'

경기는 선수가 한다.

그 선수를 잘 배치하고 적절하게 교체를 하는 것이 바로 감독이 해야 될 일이었다.

레온은 자신이 해야 될 역할을 잘 알고 있었다.

그는 영웅 다음으로 올라온 투수를 격려하는 것도 잊지 않았다.

"박, 오늘 헤르난도의 패스트볼이 매우 좋아. 그러니 정면 승부 위주로 가자고."

"알겠습니다."

박형수가 고개를 끄덕였다. 그는 강렬한 데뷔전 이후 인디언스의 주전 포수로 활약 중이었다.

처음에는 경험 부족을 염려했지만 그건 염려에 불과했다. 시간이 갈수록 박형수의 진가는 그대로 드러났다.

지금도 그랬다. 레온은 투수에게 간접적 격려를 한 것이다. 직접적인 격려가 힘을 발휘할 때도 있지만 지금처럼 포수에게 이야기를 하면서 주는 자신감도 크게 작용했다.

박형수는 그것을 간파한 것이다.

아직 어린 투수에게 격려를 주는 것이 얼마나 중요한지 잘 알듯이 말이다.

레온 감독이 마운드에서 내려갔다.

홀로 마운드에 남은 헤르난도의 눈빛에는 자신감이 철철 넘치고 있었다.

그 결과는 대단했다.

뻐억!

"스트라이크! 배터 아웃!"

[삼구삼진입니다! 두 타자 연속 삼구삼진으로 7회를 마감하는 헤르난도 선수!]

[아직 젊은 선수인데도 굉장한 패스트볼을 보여주는 군요. 대단히 멋진 피칭이었습니다!]

두 타자 연속 삼진. 주자는 꼼짝도 하지 못했다.

완벽한 교체였다.

전문가들은 그렇게 판단을 내렸다. 그리고 영웅도 한숨을 돌릴 수 있었다.

'다행이다.'

그러면서 그의 마음속에는 팀원들에 대한 믿음이 커져 갔다.

시즌 후반.

각 지구의 포스트시즌 진출 팀이 확정되기 시작했다.

각축을 벌였던 아메리칸리그 중부지구의 진출 팀 역시 윤곽을 드러냈다.

[인디언스와 타이거즈의 경기도 이제 막바지에 접어들고 있습니다. 오늘 경기에서 승리를 하는 팀이 포스트시즌 직행 티켓을 손에 넣게 되는 중요한 경기였는데요. 추는 점점 인디언스에게 기울고 있습니다.]

[7회 초인 현재 인디언스가 4 대 0으로 리드를 하고 있습니다.]

[오늘 경기의 MVP를 뽑으라면 역시 만루 홈런을 기록한 박형수 선수라고 할 수 있겠죠?]

[그렇습니다. 5회 초까지 박빙의 투수전이었는데 말이죠. 느닷없이 제구가 흔들린 투수의 공을 그대로 공략해 좌측 담장을 넘겨 버렸어요.]

박형수의 날이었다. 만루 홈런을 포함 3타수 3안타를 때려냈다. 타점 역시 4점을 기록하며 이번 시즌 80타점을 기록했다.

지난 시즌에 비해 타점이 10점이나 높아졌다.

더 놀라운 점은 매 시즌 타점과 타율, 그리고 홈런 수가 상승하고 있다는 점이다.

거기다가 올 시즌에는 포수의 빈자리를 아주 잘 메꿔주고 있었다.

3년 3천만 달러라는 계약이 너무 싸게 보이는 활약이었다.

실제 많은 언론에서 박형수가 내년까지 이런 성적을 유지한다면 더 높은 계약을 따낼 수 있을 거란 전망을 내놓았다.

[자, 드디어 경기는 9회 말이 되었습니다. 경기를 끝내기 위해 마무리 잭슨 선수가 등판합니다. 올 시즌 49경기에 등판한 잭슨 선수는 3승 2패 37세이브를 기록 중입니다. 평균 자책점은 1.91로 메이저리그 마무리 투수 중 세 번째로 낮은 평균 자책점을 기록 중이죠.]

[WHIP도 0.92로 준수한 수준을 유지하고 있습니다. 불과 몇 년 전까지만 해도 마이너리그를 전전하던 선수였는데 말이죠. 정말 대단한 발전 속도를 보여주고 있는 선수입니다.]

뻐억-!

"스트라이크!!"

[초구부터 100마일의 강속구를 뿌립니다! 바깥쪽으로 휘어 나가는 패스트볼로 스트라이크를 잡아내는 잭슨 선수!]

[저것이 바로 마무리 잭슨이 매력적인 이유입니다. 어느 상황에서건 스트라이크를 잡아낼 수 있는 빠른 공을 가지고 있습니다.]

잭슨이 올라왔다는 건 게임이 마무리된다는 이야기였다.

인디언스 팬들은 그렇게 믿었다.

실제 잭슨이 이번 시즌 블론세이브를 기록한 건 2번에 지나지 않았다. 많다고 할 수 있지만 50경기를 치르면서 단 2번의 블론세이브는 많은 숫자가 아니었다.

뻐억-!

"스트라이크! 아웃!"

[첫 타자를 깔끔하게 삼진으로 처리합니다!]

5개의 공으로 원 아웃을 올린 잭슨은 연달아 타자를 돌려세웠다.

투 아웃.

남은 아웃 카운트가 하나가 된 상황에서 잭슨과 박형수의 선택은 변화구였다.

쐐애애액-!

딱!

[맞았습니다! 하지만 타구 높게 뜹니다!]

평범한 중견수 플라이였다.

퍽!

"아웃!"

[쓰리 아웃이 됩니다! 인디언스가 아메리칸리그 디비전 시리즈 진출을 확정짓습니다!]

[잭슨 선수 오늘 경기 첫 번째 던진 변화구가 매우 잘 떨어졌습니다. 아주 멋진 조합이었어요.]

[마운드에서 하이파이브를 하는 잭슨과 박형수 선수의 모습이 인상 깊네요. 아, 더그아웃에서 동료들과 환하게 웃는 강영웅 선수의 모습도 잡힙니다.]

[인디언스가 디비전 시리즈에 진출할 수 있게 해준 최고의 주역들입니다.]

인디언스의 가을야구는 아직 끝나지 않았다.

이변이라면 이변이었다.

이번 시즌 인디언스는 약체로 꼽혔다. 리빌딩을 택했고 이렇다 할 영입도 없었다. 오히려 전력 유출이 있었을 뿐이다.

거기에 시즌 후반에는 주요 전력이라 할 수 있는 두 선수가 엔트리에서 빠지는 고난도 있었다.

그럼에도 인디언스는 해냈다. 응원하는 팀의 새로운 저력에 사람들은 환호를 보냈다.

선수들 역시 대단한 자신감을 얻었다. 이번 시즌 약체로 꼽혔기에 더 큰 자신감을 얻은 것이다.

감독인 레온 역시 입지가 단단해졌다.

하지만 그는 들떠하지 않았다. 아직 시즌은 끝나지 않았으니 말이다.

'지금부터 필요한 건 기존 멤버들의 휴식과 포스트시즌에서 활용할 수 있는 자원을 찾아내는 일이다.'

장기전을 치르느라 대부분의 선수가 지쳐 있는 상황이다.

남은 11경기를 푹 쉬게 하는 것이 중요했다. 그러기 위해 레온 감독은 각 주전 선수들을 직접 면담했다.

그 첫 번째는 영웅이었다.

"몸은 좀 어떤가?"

레온이 가장 먼저 한 일은 영웅의 상태 체크였다.

시즌 후반이다. 잠깐이지만 무리도 했었다. 혹시라도 몸에 이상이 있다면 자신에게 말해주길 원했다.

하지만 영웅은 평소와 같았다.

"괜찮습니다."

한결같은 대답이었다.

감독의 입장에선 믿음직스러우면서도 일견의 답답함이 있었다.

그간의 기록을 봤을 때 영웅은 자신의 몸 상태 이상을 먼저 말하는 타입이 아니었다.

즉, 스태프 쪽에서 먼저 그의 몸 상태를 체크해야 한다는 소리다.

'어쩔 수 없는 일이지.'

선수 개인의 성향을 바꿀 생각은 없었다.

그걸 존중하면서 자신이 해야 될 일을 찾는 게 스태프로서 능력이었다.

"그렇다니 다행이군."

가볍게 음료를 마신 레온이 본론을 꺼냈다.

"알다시피 팀은 포스트시즌 진출에 성공했네. 그래서 그동안 고생한 주전 선수들에게 휴식을 줄 생각이야."

영웅은 레온이 말하고자 하는 뜻을 이해했다.

현재 영웅은 개인 타이틀 경쟁을 하고 있었다.

다승.

남은 2경기를 모두 출전해 승리를 올린다면 상대 오오타니의 승리 경기 여부에 따라 다승 1위에 오를 수 있다.

다승까지 타이틀을 확보하면 트리플 크라운을 달성하게 된다.

레온 감독이 무작정 그에게 휴식을 줄 수 없는 이유다.

'한 경기 정도는 쉬게 하고 싶지만……'

선수 개인들은 타이틀에 대한 욕심이 크다.

개인 성적이 곧 연봉으로 이어지기 때문이다.

영웅이야 워낙 대단한 성적을 올리는 선수이니 타이틀 하나에 연봉이 오락가락하는 선수는 아니다.

하지만 타이틀 그 자체만으로도 욕심이 있을 게 분명하다. 그렇기에 레온 감독은 조심스러웠다.

영웅은 잠시 고민을 했다. 사실 이 같은 제안은 어느 정도 예상은 했다. 그 역시 메이저리그 4년 차에 접어든 선수다. 팀이 어떻게 돌아가는지 잘 알고 있다.

'지금 시점에서의 휴식은 분명 도움이 된다.'

집에서도 나름 고민을 했다.

지금 휴식을 취하면 다승 타이틀은 포기하더라도 포스트시즌에서 분명 큰 도움이 될 거다.

페넌트레이스와 포스트시즌의 압박감은 꽤 차이가 났다.

다수의 포스트시즌 경기를 치르면서 그런 부분을 알게 된 영웅이다.

개인 타이틀이냐 아니면 포스트시즌을 노린 체력의 안배냐.

택일을 해야 되는 상황이었다. 공은 영웅에게 넘어온 상황. 결정은 그의 입에 달려 있었다.

긴 침묵을 깬 영웅이 입을 열었다.

"저도 포스트시즌을 대비해서 체력을 안배했으면 좋겠습니다."

예상치 못한 대답.

하지만 그의 목소리에서 결의가 느껴졌다.

레온 감독도 한때는 선수였다.

대단한 선수는 아니었지만 운이 좋아 월드시리즈에도 나갈 수 있었다.

그리고 우승을 놓쳤다.

그때의 한이 지금까지도 이어졌다.

선수로서 월드시리즈 우승을 한다는 건 매우 어려운 일이다.

양손에 모두 월드시리즈 반지를 낀 선수도 있지만 최고의 선수이면서도 단 하나의 우승 반지를 가지지 못한 이들도 있었다.

영웅도 지금까지는 월드시리즈에서 불운했다.

하지만 이번만큼은 우승하겠다.

그런 결의가 표정과 목소리에서 묻어나왔다.

"알겠네."

레온이 고개를 끄덕였다.

영웅의 일정이 결정됐다.

2장
포스트시즌을 위한 대비

　레온과의 협의에 따라 영웅은 남은 두 경기 등판을 취소하고 한 경기에만 나가는 걸로 결정했다.

　그 경기 역시 이닝은 5이닝, 투구 수는 70구로 제한하기로 했다.

　승패가 중요한 등판이 아니었다.

　포스트시즌까지 앞으로 보름가량이 남았다.

　그사이 모든 등판을 거르고 휴식만 취한다면 실전 감각에 문제가 생길 수 있었다.

　즉, 컨디션 점검과 감각 유지를 위한 등판이었다. 영웅은 그때까지 충분한 휴식을 취하기로 결정을 했다.

　훈련은 최소한으로 줄였다. 원정 경기에도 따라가지 않기로 결정했다.

　에이스에 대한 예우였다. 그가 있어야지만 포스트시즌에

서 좋은 성적을 낼 수 있다는 구단 측의 판단도 포함되어 있었다.

오랜만에 휴식을 받은 영웅은 미국을 찾아온 예린과 함께 데이트를 즐겼다.

장거리 연애를 하고 있지만 두 사람의 애정 전선에는 큰 문제는 없었다.

오히려 장거리 연애가 득이 된 케이스였다.

예린은 초절정 인기를 누리고 있는 아이돌 가수로 여러 행사와 공연을 뛰고 있었다.

덕분에 개인 시간을 내기가 무척이나 어려웠다.

영웅 역시 1년의 절반에 가까운 시간을 경기를 치르느라 시간이 없었다.

둘 모두 시간이 없기 때문에 오히려 볼 시간이 없었다.

만약 한쪽이 시간이 넉넉했다면 사이는 멀어졌을 가능성이 높았다.

하지만 둘 모두 시간이 없기 때문에 각자의 일을 하면서도 감정에 커다란 변화는 없었다.

무엇보다 둘 사이의 애정이 깊은 것도 한 가지 이유이고 말이다.

"오빠, 저 올해를 끝으로 계약 끝나요."

저녁을 먹고 잠시 영웅의 방에 앉아 있던 예린이 말했다.

이미 알고 있었다.

여러 기사를 통해 걸스의 미래에 대해 많은 예측이 나오고 있었다.

"기획사에서 재계약을 하자고 하는데…… 사실 이제 그만하려구요."

"가수를?"

"아뇨, 연예인 자체를요."

처음 듣는 이야기다.

가수를 쉰다는 이야긴 몇 번 했지만 연예인을 그만둔다는 이야긴 처음 들었다.

그녀는 잠시 회상을 하는 눈빛으로 허공을 바라보더니 말을 이었다.

"사실 그동안 많이 지쳤어요. 제가 처음 아이돌 연습생으로 들어간 게 17살이었거든요? 그때부터 정말 치열하게 살았어요. 아직 어린 나이인데 이런 말하는 게 웃길 수도 있지만요."

연예인 지망생 백만 시대.

중·고등학생은 물론이고 초등학생 심지어는 미취학 아동도 연예인을 꿈꾸며 소속사에 연습생으로 들어간다.

하지만 그중 데뷔까지 이르는 이들은 1퍼센트에 불과하다.

그중에서도 성공으로 이어지는 케이스는 다시 1퍼센트로 줄어든다.

그만큼 성공하기 어려운 곳이 연예계다.

또한 수명도 짧다.

20대 중반만 되더라도 이제 한물이 갔다는 이야기가 나온다.

길어야 20대 후반이면 아이돌 생활은 접고 다른 루트를 타야 했다.

"운이 좋아 최고의 자리에도 앉아봤고 이제는 다른 일도 해보고 싶어요."

"다른 꿈을 찾은 거야?"

"네."

해맑게 웃는 그녀의 모습에 영웅이 고개를 끄덕였다.

그것이면 충분하다.

"잘 선택했어."

저 말이 듣고 싶었다. 연예인을 그만두겠다는 말에 부모님도 반대를 했다.

아직 예린은 한창이다. 20대 초반이었으니 말이다. 조금 더 연예인 생활을 하면 엄청난 돈을 벌 수 있다.

벌써부터 수많은 기획사에서 수십억대의 돈으로 그녀를 유혹하는 곳도 많았다.

부모님 역시 유혹을 받고 있었다. 그래서 반대 의견이 많았다. 자신의 편이 없다는 게 힘들던 시기다.

그런데 영웅이 편을 들어주니 흔들리던 마음을 다잡을 수 있었다.

"고마워요, 오빠."

예린은 자리에서 일어나 영웅을 꽉 껴안았다.

진심을 담아서 말이다.

영웅의 등판일이 다가왔다.

일주일이 넘는 휴식을 취한 덕분인지 체력적으로는 그 어느 때보다 좋았다.

　그가 휴식을 취하는 사이 오오타니는 1승을 더 올리면서 다승을 확정지었다.

　아쉽다는 반응을 보이는 언론도 있었지만 영웅은 개의치 않았다.

　바라보고 있는 곳이 다르기 때문이다.

　'올해는 반드시 월드시리즈에서 우승을 하겠어.'

　그러기 위해서는 디비전 시리즈와 챔피언십 시리즈라는 산을 넘어야 했다.

　두 시리즈를 대비하기 위한 최고의 몸 상태를 유지해야 했다.

　다승을 포기하면서까지 휴식을 택한 이유다.

　영웅의 마지막 등판 상대는 같은 중부 지구인 미네소타 트윈스였다.

　트윈스는 올 시즌 4위를 확정지었다.

　하위권으로 평가받지만 그건 어디까지나 마운드에서의 이야기였다. 타격만 놓고 본다면 리그 평균 수준을 유지하고 있었다.

　특히 한 방을 가지고 있었다.

　중부 리그로 한정하면 팀 홈런이 2위에 올라 있다.

　문제는 단발성이 많다는 점이었다. 때문에 큰 점수 차를 내는 경기가 적었다. 마운드가 약한 상황에선 최악의 조합이

랄 수 있었다.

그 결과 트윈스는 일찌감치 가을야구에서 떨어졌다. 하지만 주전 선수들은 여전히 남아 있었다.

자칫 방심을 하다가는 한 방을 허용할 수도 있는 팀이었다.

좋은 분위기를 안고 가을야구로 떠나야 되는 영웅의 입장에서는 부담스러울 수도 있었다.

이 같은 의견을 전문가라 불리는 이들이 내놓았다.

그리고 영웅은 그런 의견을 가뿐히 부숴 버렸다.

뻐엉-!

"스트라이크!! 아웃!"

[또다시 삼진입니다! 1회 삼자범퇴에 이어 2회 역시 삼진으로 경기를 시작하는 강영웅 선수입니다!]

[열흘 가까이 쉬었음에도 불구하고 여전히 좋은 구속과 제구력입니다. 구속은 오히려 휴식 전과 비교했을 때 더 늘어난 거 같습니다.]

[휴식이 도움이 되었다고 보십니까?]

[현재까지 모습만으로 판단을 하자면 그렇다고 볼 수 있습니다. 초반이라 섣부른 판단일 수도 있지만 확실히 볼 끝이 좋아졌어요.]

영웅의 육체는 지쳐 있었다. 그것을 정신력으로 붙잡고 있었을 뿐이다.

열흘이라는 시간이 짧다고 생각될 수도 있지만 사실은 그게 아니었다.

간단한 예로 하루 정도 수분을 끊었다가 섭취하게 되면 몸

구석구석에 수분이 공급되는 게 느껴질 정도다.

말라 버린 토지에 적은 양의 물을 뿌려도 순식간에 땅이 붙는 것과 같은 이치다.

이미 지칠 대로 지친 영웅의 육체에 열흘의 휴식은 단비와도 같았다.

거기다가 예린과 함께 있으면서도 정신적인 휴식도 취할 수 있었다.

페넌트레이스를 치르면서 알게 모르게 쌓였던 스트레스가 그때 풀렸다.

즉, 심신에 활기가 넘친다는 의미였다.

그 결과 영웅은 단단한 정신과 활기가 넘치는 육체로 최고조의 몸 상태를 유지할 수 있었다.

뻐엉-!

"스트라이크! 배터 아웃!"

그리고 그 효과는 대단했다.

영웅은 삼진 퍼레이드를 계속해서 이어갔다.

한 타자를 상대하는 데 6개 이상의 공을 던지지 않았다.

더 경이로운 건 단 하나의 타구도 외야까지 날아가지 않았다는 점이다.

5이닝 노히트노런.

단 한 명의 주자만을 1루 베이스에 내보냈을 뿐이다.

영웅의 탓이 아니었다.

불규칙 바운드가 일어나면서 유격수가 공을 놓치면서 에러가 나온 것이다.

기록을 이어가고 있었지만 레온 감독은 5회가 끝나고 과감히 영웅을 교체했다.

[6회 말, 강영웅 선수를 대신해서 피에르 선수가 마운드에 올라옵니다. 어떻게 된 걸까요?]

[아마 오늘 경기는 철저하게 컨디션 체크를 목적으로 올린 듯합니다. 한 경기 휴식으로 사실상 다승 타이틀 경쟁을 포기한 강영웅 선수로서는 더 이상 노릴 수 있는 개인 타이틀이 없습니다. 그러니 이제 개인적인 상보다는 팀의 성적을 우선시하기 위해 체력의 안배에 들어갔다고 봐야 됩니다.]

[팀의 성적이라면……? 포스트시즌을 말씀하시는 건가요?]

[그렇습니다. 강영웅 선수가 과감한 선택을 했다, 이렇게 말할 수 있겠습니다.]

그 선택은 오로지 한 가지 목표를 위해서였다.

월드시리즈 우승을 위해서 말이다.

모든 페넌트레이스 일정이 마무리됐다.

메이저리그의 가을야구는 와일드카드 결정전부터 시작된다.

인디언스에게는 관련 없는 이야기였다.

이번 시리즈에서 인디언스는 아메리칸리그 전체 승률 2위라는 성적을 올렸다.

1위는 뉴욕 양키스가 차지했다.

와일드카드 결정전의 승자는 승률 1위 팀과 맞붙게 된다.

일종의 프리미엄이다.

인디언스는 3위인 LA에인절스와 상대를 하게 됐다.

3위라고는 하나 서부 지구의 유력한 우승 후보였던 텍사스 레인저스를 누르고 올라온 팀이다.

특히 에이스인 레너드 오브레임은 90마일 후반의 빠른 공과 80마일 후반의 고속 슬라이더가 강력했다.

파워피처 유형이지만 컨트롤도 제대로 잡혀 있어 상대하기 까다로운 투수다.

올 시즌 17승 7패를 올린 것만 보더라도 확실히 대단한 투수라는 걸 알 수 있었다.

하지만 성적만으로 보자면 영웅에게 앞설 수 없었다.

영웅은 올 시즌 22승 2패를 기록, 압도적인 승수를 기록 중이었다.

평균 자책점과 WHIP를 보더라도 레너드 오브레임은 영웅의 상대가 되지 못했다.

1차전의 승자가 거의 확정된 느낌이었다.

그러나 단기전이라는 변수가 있었다.

[인디언스의 강영웅 선수나 에인절스의 레너드 선수, 두 투수 모두 안정감이 있는 선수입니다. 아마, 다득점은 나오지 않을 겁니다.]

[동의합니다. 연타가 나올 가능성도 적습니다. 두 투수의 공을 연속해서 공략하는 건 어려운 일이니까요.]

[그렇다면 어떻게 보십니까?]

[볼펜 승부 혹은 한 방으로 승부가 결정될 가능성이 큽니다.]

인디언스의 경기까지 일주일.

한국에서는 매일 밤 전문가들이 나와 디비전 시리즈 1차 전에 관한 토론을 이어갔다.

영웅의 엄마, 한혜선 역시 그런 프로를 보고 있었다.

한혜선과 수정을 위해서 영웅은 위성 TV를 설치해 한국의 대부분 채널을 볼 수 있게끔 해뒀다.

덕분에 한혜선은 영웅의 상태가 어떤지 경기 일정은 어떤지 잘 알 수 있었다.

영웅이 알려주는 것들도 있었지만 전부는 아니었기에 큰 도움이 되었다.

'체력적으로 힘들 테니. 오랜만에 실력 발휘 좀 해야겠어.'

평소에도 식단에 심혈을 기울이는 한혜선이다.

하지만 중요한 경기를 앞두고 있는 아들에게 특별한 음식을 차려주고 싶은 것이 엄마 마음이었다.

사실 오랜만이란 표현은 맞지 않았다.

한혜선은 미국에 온 뒤로 매일같이 영웅의 영양을 고려해 식단을 잘 짰다.

이제는 웬만한 영양사만큼이나 뛰어난 영양학 지식을 가지고 있었다.

또한 요리 솜씨도 매일 늘어나 요리사 부럽지 않은 실력을 보유하고 됐다.

그런 그녀가 본격적으로 실력을 발휘하자 매끼니 밥상 위에는 진수성찬이 차려졌다.

"우와―! 오늘 무슨 날이야?"

괜히 너스레를 떠는 수정이었다.

사실 그녀 역시 한혜선이 왜 이렇게 밥상에 신경을 쓰는지 잘 알고 있었다.

그리고 영웅 역시 한혜선의 배려를 느낄 수 있었다.

딱히 말을 하지 않아도 서로의 마음을 읽을 수 있었기에 영웅은 열심히 식사를 했다.

빈 그릇이 늘어나는 모습을 보는 한혜선도 뿌듯한 미소를 지었다.

와일드카드 결정전이 끝났다.

그 말인즉슨 곧 디비전 시리즈가 열린다는 의미였다.

영웅은 매일 프로그레시브 필드를 찾아 운동을 하며 컨디션을 체크했다.

일찌감치 디비전 시리즈 1차전 선발로 내정된 영웅이기에 시기에 맞춰 컨디션을 끌어 올렸다. 이제는 꽤 경험이 쌓인 영웅이기에 자신이 무엇을 해야 될지 잘 알고 있었다.

뻐엉―!

그라운드 위에서 캐치볼을 할 때마다 묵직한 소리가 울려 퍼졌다.

'나쁘지 않다.'

손가락의 감각도 날카로웠다.

공을 놓는 위치, 팔을 휘두르는 속도와 타이밍.

모든 게 완벽했다.

묵직했던 전신의 근육들도 괜찮아졌다.

시즌 후반의 휴식, 그리고 디비전 시리즈를 앞두고 푹 쉰 덕분이다.

'오히려 시즌 후반 힘들었던 때보다 체력적으로는 더 괜찮아졌다.'

음식 섭취에 신경을 쓴 덕분이다.

그간 포스트시즌을 여러 번 치러오면서 이렇게까지 몸 상태가 좋았던 적은 없었다.

'그동안에는 괜찮았다고 생각했지만 후반에 접어들면서 몸이 지치긴 했었나 보다.'

메이저리그를 여러 해 경험했지만 후반에 휴식을 취한 건 처음이었다.

첫 경험이다 보니 새로운 것을 얻게 된 영웅이다.

'그들도 분명히 알려줬던 건데.'

영웅은 꿈의 그라운드를 떠올렸다.

그곳에서 만났던 레전드들은 언제나 훈련만큼이나 휴식이 중요하다고 말했었다.

사실 당시에는 그 말들을 잘 이해하지 못했다.

아니, 얼마 전까지만 하더라도 마찬가지였다.

원래 사람들이란 조언을 받더라도 자신이 직접 경험을 하지 못하면 이해하지 못하는 법이었다.

또한 영웅은 레전드들이 말한 휴식을 시즌이 종료된 뒤의 휴식으로 나름대로 해석을 했다.

덕분에 시즌 도중에 쉬는 것이 중요한 이유를 몰랐다.

하지만 이번 기회를 통해 알게 됐으니 소득이라고 할 수 있었다.

파앙-!

"나이스! 아주 좋아!"

공을 받아주는 박형수의 외침에 영웅의 입가에 미소가 그려졌다.

이제 준비는 끝났다.

이틀 뒤에 시작될 디비전 시리즈를 위한 모든 준비가 말이다.

디비전 시리즈 당일.

경기가 한 시간은 남았지만 이미 관중석에는 빈자리가 없었다.

이번 경기에 대한 사람들의 관심을 말해주고 있었다. 프로그레시브 필드에는 약 3만 8천 명을 수용할 수 있다. 말이 3만 8천 명이지 그 정도의 숫자를 한자리에서 본다는 건 쉬운 일이 아니다.

그런 자리의 주인공이 된다면 일반인이라면 심장이 터져 그 자리에 굳어버릴 것이다.

시선이 익숙한 선수들 역시 긴장되긴 매한가지였다.

평소의 경기가 아닌 디비전 시리즈이기 때문이다.

6개월, 162경기를 치르는 페넌트레이스 때는 긴장감이 덜하다.

하지만 디비전 시리즈는 단 5경기에서 결판이 난다.

한 경기, 한 경기의 중요도가 페넌트레이스와 비교할 수가 없다.

선수들의 입장에선 더 긴장이 되는 게 당연했다.

그건 선발이나 벤치를 지키는 이들이나 다를 게 없었다.

가장 긴장이 되는 포지션은 역시 선발 투수다.

경기를 책임져야 되는 선발 투수가 일찍 무너진다면 경기 자체를 넘겨줄 가능성이 농후했다.

어떻게 보면 가장 긴장을 해야 될 선수였다.

그렇기에 레온 감독은 영웅의 상태를 수시로 체크했다.

오늘 경기장을 찾은 뒤부터 한 시간 단위로 영웅의 상태를 체크해 왔다.

대부분 코치에게 전해 들었지만 때로는 직접 눈으로 확인하기도 했다.

하지만 들려오는 대답은 한결 같았다.

"괜찮다."

말만 그런 게 아니었다.

영웅은 여느 때와 마찬가지로 침착한 모습으로 자신의 루틴을 지키는데 여념이 없었다.

아무리 대투수라고는 하나 아직 어린 나이다. 충분히 긴장할 수도 있을 거라 생각했는데 오판이었다.

'앞선 감독들이 어린 나이에도 강영웅을 선발로 썼던 이유들이 있었군.'

이번 포스트시즌이 레온 감독은 영웅과 치르는 첫 경기였다. 아직까지 영웅에 대해 완벽히 판단이 서지 않은 것도 사실이었다.

그러나 지금까지의 모습을 봤을 때는 이제 걱정을 덜어도 될 것 같았다.

"감독님, 이제 입장해야 됩니다."

"음."

수석 코치의 말에 레온 감독이 고개를 끄덕였다.

드디어 시작이었다.

3장
디비전 시리즈 VS L.A.에인절스(1)

　[아메리칸리그 디비전 시리즈! 클리블랜드 인디언스가 프로그레시브 필드에서 LA 에인절스를 맞이합니다!]

　[5전제이긴 하지만 그전에 시리즈가 끝날 가능성이 높습니다. 그렇기 때문에 1차전의 승리가 매우 중요합니다.]

　메이저리그 전체 역사에서 디비전 시리즈가 5차전까지 간 경우는 그렇지 않은 경우보다 적었다.

　또한 1차전 승자가 시리즈를 가져간 경우가 많았다.

　해설자의 말에 신빙성이 있는 이유였다.

　[양 팀 모두 그 사실을 알기 때문에 팀에서 가장 좋은 투수를 내보냈습니다. 모든 메이저리그의 기록을 새로 쓰고 있는 강영웅 선수가 클리블랜드 인디언스의 마운드를 지킵니다!]

　[정규 시즌에서 22승 2패, 평균 자책점 1.52를 기록한 강영웅 선수입니다. 탈삼진은 282개를 기록하면서 작년 기록

이었던 331개에는 도달하지 못했지만 이 역시 올 시즌 최고 기록입니다.]

[시즌 후반 휴식을 취하면서 최다승 타이틀은 얻지 못했는데요.]

[예, 그때부터 디비전 시리즈를 겨냥하고 있었다. 이렇게 볼 수 있습니다.]

[그렇기 때문에 오늘 경기가 더욱 기대가 됩니다.]

"플레이볼!"

[경기 시작됩니다!]

마운드 위의 영웅이 상체를 숙였다.

[오늘 마스크를 쓰는 건 박형수 선수입니다.]

박형수가 빠르게 손가락을 움직였다.

경기 전, 두 사람은 초구를 무엇으로 던질 것인지 의견을 주고받았다. 그리고 사인은 그것에 맞춰서 나왔다.

고개를 끄덕인 영웅이 곧장 투구 자세에 들어섰다.

타자는 발을 까닥이며 박자를 맞춰갔다.

[초구 던집니다!]

다리를 차올린 영웅의 상체가 부드럽게 비틀어졌다.

타석에서 등번호가 보일 정도로 비틀린 상체의 모습에 타자의 미간이 찡그러졌다.

페넌트레이스를 통해 여러 번 경험했지만 여전히 적응이 되지 않는 투구 폼이었다.

그 순간 영웅의 상체가 빠르게 회전했다.

마치 태풍처럼 맹렬한 회전의 뒤를 이어 갑자기 흰색 물체가 나타났다.

쐐애애액-!

공이었다.

타자의 입장에선 갑자기 나타난 것으로 보였다.

덕분에 잡고 있던 박자가 어긋났다.

뒤늦게 스타트를 걸었지만 어긋난 박자를 맞추기엔 날아오는 공의 속도가 너무 빨랐다.

쐐애애액-!

부앙-!

뻐억-!

"스트라이크!!"

[배트 헛돕니다!]

[공이 지나간 뒤에야 배트가 홈 플레이트 위를 지나갔어요. 타이밍을 완벽하게 뺏었습니다.]

공을 받은 영웅은 가볍게 쥐었다.

'좋다.'

실전 피칭은 오랜만이다. 하지만 최근 던졌던 그 어떤 공보다 좋았다.

"후우……."

크게 한숨을 내쉬었다. 흥분을 가라앉히기 위한 수단이었다.

'아직 초반이다.'

경기를 이어 나가는 데 있어 중요한 건 평정심이었다.

선발 투수가 공 하나에 기뻐하거나 슬퍼하고 분노하면 경기를 망치게 되어 있다.

경험과 조언으로 그것을 알고 있는 영웅은 다시 포커페이스로 피처 플레이트를 밟았다.

'고속 슬라이더.'

손가락이 바깥쪽을 가리켰다.

유인구는 아니었다. 바깥쪽 존을 살짝 걸치는 코스였다.

구심의 유형에 따라서는 스트라이크가 될 수도 있고 볼이 될 수도 있는 위치.

박형수는 오늘 구심의 존을 파악하기 위한 공을 선택한 것이다.

또한 영웅도 그 사실을 알았다.

[강영웅 선수, 와인드업 합니다.]

손을 떠난 공이 빠르게 날아왔다.

이번에는 타이밍을 놓치지 않고 타자의 스윙이 시작됐다.

그 순간 공이 휘어 나갔다.

공의 변화를 간파한 타자도 배트를 멈췄다. 아슬아슬한 위치에서 배트가 멈추었고 공이 홈 플레이트 위를 지나갔다.

뻑!

'멈췄다.'

타자는 배트가 홈 플레이트 위를 지나지 않았다고 판단을 내렸다. 그리고 빠르게 배트를 회수했다. 혹시나 판정에 영향을 줄까 싶어서였다.

하지만 타자의 기대와는 다른 판정이 나왔다.

"스트라이크!!"

"예?"

구심을 바라보는 타자의 시선에는 불만이 가득 찼다.

분명 배트는 돌지 않았다.

그리고 구심 역시 배트가 돌았다고 판정을 내린 게 아니었다.

"공이 존을 통과했다."

구심의 설명에 타자의 얼굴이 일그러졌다.

멀다고 판단을 내렸다.

그래서 무리하게 힘을 써가면서 배트를 회수했던 것이다.

그런데 존을 통과했다니.

'저기까지 잡아주면 어떻게 치라는 소리야?'

여전히 불만은 사라지지 않았다.

하지만 스트라이크존은 구심의 고유 권한이었다. 그것에 불만을 가지고 어필을 한다는 건 구심에게 안 좋은 인상을 남기게 된다.

'제길……'

불만을 속으로 삭일 수밖에 없었다. 반대로 영웅과 박형수의 입장에선 매우 좋은 볼 판정이었다.

'이곳을 잡아주면 던질 공은 많아지지.'

구심의 존이 마음에 들었다. 박형수의 머릿속에 여러 가지의 구종과 코스가 떠올랐다.

뻑!

"볼!"

[몸 쪽에 너무 붙었나요? 아쉽게도 볼이 됩니다!]

[하지만 타자가 움찔할 정도로 좋은 공이었습니다. 오늘

구심의 존은 몸 쪽이 좀 **빡빡**하고 바깥쪽이 널널한 것으로 보입니다.]

[스트라이크를 잡기 위해선 바깥쪽을 공략해야겠군요?]

[그렇습니다.]

박형수 역시 그 사실을 인지하고 있었다.

하지만 바깥쪽만 공략하다가는 맞아 나갈 확률이 있다.

물론 영웅의 피안타율은 매우 낮다. 특히 첫 타자를 상대로 안타를 맞는 일은 거의 없을 정도였다.

그만큼 경기 초반 영웅의 집중력은 매우 높았다.

'오늘만큼은 타자도 마찬가지일 테니까.'

페넌트레이스의 성적은 포스트시즌에서 그대로 이어지지 않는다. 그만큼 압박감과 긴장감이 다르기 때문이다.

영웅이 경험이 많다고는 하나 조심해서 나쁠 건 없었다. 상대 역시 메이저리그 클래스였으니 말이다.

'몸 쪽을 본 타자의 눈은 바깥쪽이 더 멀게 느껴진다.'

박형수의 손가락이 움직였다.

'몸 쪽을 공략한 뒤에 바깥쪽을 공략하겠다 이건가?'

와인드업 포지션에 들어가는 영웅의 모습을 확인한 타자가 박자를 맞추기 시작했다.

각자의 생각을 가진 채 서로의 의도를 읽어내려는 수 싸움이 이어졌다.

촤앗-!

마운드 위에서 발을 차올리는 영웅을 보며 타자도 스타트를 걸었다.

'바깥쪽으로 온다!'

공이 바깥쪽으로 향하는 것을 확인하자 배트는 거침없이 회전했다.

'바깥쪽으로 온다고 생각을 하겠지.'

배트의 스윙 궤적을 확인한 박형수의 입가에 미소가 그려졌다.

동시에 공이 타자의 몸 쪽으로 휘어 들어갔다.

'헉!'

놀라 배트의 궤적을 변경했지만 영웅의 공은 그런 식으로 칠 수 있는 수준이 아니었다.

부앙─!

뻑!

"스트라이크!! 배터 아웃!"

[배트 헛돕니다! 93마일의 빠른 투심 패스트볼로 첫 번째 삼진을 잡아내는 강영웅 선수!]

[몸 쪽에 이어 다시 한번 몸 쪽을 던졌습니다. 하지만 이번 공은 바깥쪽에서 몸 쪽으로 휘어져 들어오는, 아주 좋은 무브먼트의 공이었어요.]

[타자의 입장에선 바깥쪽이라 판단을 했겠군요?]

[그렇습니다. 대처가 늦어 급하게 스윙의 궤적을 바꾸려 했지만 강영웅 선수의 공은 그런 식으로 칠 수 없죠.]

첫 타자를 완벽하게 잡아냈다.

투수의 공, 그리고 포수의 머리가 이루어낸 완벽한 결과물이었다.

스타트가 좋았다.

영웅과 박형수는 찰떡궁합으로 타자들을 요리해 나갔다.

순식간에 카운트가 쌓이고 아웃 카운트가 올라갔다.

딱!

[빗맞은 타구 높게 뜹니다! 3루수 파울 라인 밖에서 자리를 잡습니다.]

펙!

[아웃입니다! 쓰리 아웃 체인지! 첫 이닝 삼자범퇴로 깔끔한 스타트를 보여주는 강영웅 선수입니다!]

더그아웃으로 향하는 영웅은 박형수와 가볍게 주먹을 부딪쳤다.

뻐엉-!

"스트라이크! 배터 아웃!"

[삼진입니다! 2볼 2스트라이크에서 바깥쪽 낮은 코스에 절묘하게 꽂히는 볼로 삼진을 잡아내는 레너드 투수!]

[1회 초에 구심의 존을 미리 파악한 레너드 선수, 노련하게 바깥쪽 코스를 잘 이용하고 있습니다.]

예상대로 투수전이 됐다.

강영웅과 레너드는 3회까지 각각 탈삼진 6개와 5개를 잡아내며 완벽한 모습을 보여주었다.

[경기 전, 많은 전문가의 예상대로 투수전 양상이 되어가

고 있습니다.]

[에이스라는 호칭에 맞게 매우 좋은 피칭이 이어지네요.]

[이런 호각이 언제까지 이어질까요?]

[4회부터 중요할 겁니다. 이제 타자들도 투수의 공에 눈이 익숙해졌을 겁니다.]

두 투수 모두 퍼펙트 행진을 이어가고 있다.

이런 상황에서 균형은 한순간에 무너진다.

그 사실을 지도자, 전문가, 선수들 그리고 팬들도 알고 있었다.

한 방.

어디서 터질지 모르지만 그 한 방이 매우 중요했다.

[4회 초, 강영웅 선수 첫 타자를 상대합니다.]

[앞서 삼진으로 잡아냈습니다만 이번 이닝은 쉽지 않을 겁니다.]

예상대로였다.

공에 눈이 익숙해진 타자는 섣부르게 배트를 돌리지 않았다.

볼과 스트라이크에 대한 확실한 구분을 하면서 자신이 기다리는 공에만 배트가 돌아갔다.

그렇다고 해서 정타가 나오는 건 아니었다.

하지만 커트를 한다는 게 문제였다.

딱!

"파울!"

[6구 파울이 됩니다. 엉덩이가 빠졌지만 끈질기게 커트를

해내네요.]

[배트를 극단적으로 짧게 쥐고 있어요. 한 방보다는 출루를 하겠다는 의지가 느껴지는 그립입니다.]

[2볼 2스트라이크에서 2구 연속 파울이 나온 상황, 배터리의 선택은 무엇일까요?]

'슬라이더까지 파울을 만들어내다니.'

이번 공은 결정구였다. 바깥쪽에서 바깥쪽으로 흘러 나가는 코스. 완벽하게 낚아낼 수 있다고 생각을 했다.

그런데도 커트해 냈다.

'눈에 충분히 익었다는 건가.'

확실히 집중력이 있었다. 상대 역시 휴식을 취한 팀이다. 풀 시즌을 치르면서 떨어진 체력을 회복하기에 충분한 시간이었다.

'그렇다면……'

박형수가 사인을 냈다.

유인구였다.

지금까지는 횡으로 변하는 변화구 위주로 배합을 짰다.

하지만 이번에는 종으로 떨어지는 변화구였다. 속도차가 거의 없는 스플리터였다.

'이번 공으로 배트를 유인해 내면 헛스윙이 될 거다.'

[7구 던집니다!]

박형수가 기대하는 일은 일어나지 않았다.

딱!

"파울!"

[아슬아슬하게 파울이 됩니다! 조금만 안쪽으로 들어왔으면 라인을 타고 흐르는 타구가 될 뻔했습니다.]

[오늘 경기 두 번째로 던진 스플리터였는데요. 타자가 미리 알고 반응을 보였습니다.]

수 싸움에서 졌다. 상대 역시 스플리터를 예상하고 있었다.

놓친 이유는 하나다. 영웅의 볼 끝이 그만큼 좋기 때문이다.

'타이밍은 확실히 맞았어.'

영웅의 스플리터는 구속도 빠른 편이다.

그렇다고 해서 패스트볼 계열의 공들과 비슷한 건 아니었다.

구속이 전혀 다른 공을 정확한 타이밍에 맞추었다는 건 완벽히 읽혔다는 소리다.

'다시 한번 변화구로 가야 되나?'

박형수의 머리가 복잡해졌다.

방금 전 타구는 위험했다. 조금만 늦게 때렸다면 안타가 됐을 거다.

'어떻게 읽은 거지?'

가장 큰 고민이었다. 흐르지도 않는 땀을 닦아내며 시간을 벌어 냉정을 되찾았다.

과거를 읽고 앞으로의 일에만 집중했다.

'한 번 더 변화구로 가자.'

두 번 연속 변화구로 가는 건 영웅의 스타일이 아니다.

하지만 박형수는 안전을 택했다. 우연일 수도 있지만 투구 패턴을 읽혔다면 조심해서 나쁠 게 없었다.

그러나 영웅의 생각은 달랐다.

[강영웅 선수 고개를 내젓습니다. 오늘 경기 처음 보이는 모습인데요.]

웬만해선 박형수의 사인을 거절하지 않는 영웅이다. 그렇기에 박형수 역시 놀라고 있었다. 영웅은 거기서 끝내지 않고 다음 사인을 냈다.

'패스트볼로 가겠습니다.'

승부를 보겠다는 사인이었다. 영웅은 피할 생각이 단 일 퍼센트도 없었다. 지금까지는 박형수의 생각을 어느 정도 읽고 의도를 알았기 때문에 따랐다.

하지만 지금은 아니다.

'선배는 겁을 먹었다.'

충분히 이해는 된다. 경험이 많다고는 하나 박형수는 포수로서 디비전 시리즈에 선발 출장하는 건 처음이었다.

그렇기 때문에 조심하고 있었다.

이해한다.

자신도 첫 포스트시즌 출전에서는 조심했으니 말이다.

'지금은 내가 이끌어야 된다.'

나이는 어리지만 메이저리그에서는 자신이 선배다.

훨씬 많은 경험을 쌓았고 더 많은 타자를 상대해 왔다.

지금은 유인구를 던져 볼카운트를 불리하게 쌓아 나가야 될 때가 아니었다.

'승부를 할 때다.'

영웅의 단호한 눈빛에 박형수가 고개를 끄덕였다. 비록 후

배지만 박형수는 영웅을 존경하고 있었다. 고교를 졸업하고 바로 메이저리그를 택하는 건 자신으로서는 상상도 할 수 없는 일이다.

실제 박형수는 고교 졸업 후 메이저리그 구단에서 계약 제의가 왔지만 포기를 했다.

조건도 좋지 않긴 했지만 용기가 없었다.

고작 19살이다. 패기가 넘친다고는 하나 겁이 더 많은 시기다. 미지의 세계에 대한 확실한 도전의식이 없다면 쉽게 선택할 수 없는 일이었다.

자신이 해내지 못한 길을 걷고 있는 영웅에 대한 존경심이 있는 건 어찌 보면 당연했다.

'원하는 공을 던져.'

박형수의 사인에 영웅이 고개를 끄덕였다.

와인드업을 하는 그의 모습에 관중석이 일순간 조용해졌다.

이번 공은 오늘 경기 통틀어 가장 중요한 공이 될 것이다.

만약 안타가 나온다면 분위기는 넘어간다. 포스트시즌에서 흐름은 매우 중요하다.

특히 이런 투수전에서는 말이다.

타닥-!

발을 내디딘 영웅이 빠르게 상체를 회전시켰다.

후웅-!

얼굴을 스치고 지나가는 바람이 시야를 어지럽게 만들었다.

하지만 그는 특유의 포커페이스를 유지하며 자신의 투구

를 완성시켰다.

쐐애애액—!

[제8구 던졌습니다!]

빠르게 날아오는 공에 타자의 배트가 돌았다. 변화구를 노리고 있었던지 스타트가 늦었다. 거기에서 이미 승부는 갈렸다.

영웅의 전력투구를 스타트가 늦은 스윙으로 치는 건 무리였다.

뻐억—!

공이 먼저 미트에 꽂혔다.

부앙—!

뒤이어 배트가 홈 플레이트 위를 지나갔다.

구심이 가볍게 주먹을 쥐었다.

"아웃!"

[삼진입니다! 그리고 전광판에는 100마일이 찍혔습니다! 오늘 경기 최고 구속으로 끈질겼던 승부를 종지부 찍는 강영웅 선수입니다!]

승부의 기점이 될 수 있었던 4회. 보이지 않는 위기도 있었지만 영웅은 잘 넘겼다. 다시 한번 삼자범퇴를 만들어내며 상대 타선을 틀어막았다.

[4회 말! 인디언스의 공격이 시작됩니다!]

[이번 이닝에 한 명이라도 출루를 하는 게 중요합니다. 상대 투수의 리듬을 흐트러뜨려야 돼요.]

주자가 나간다는 건 여러 의미가 있다. 일단 투수의 좋은 리듬이 깨진다. 공을 던질 때 사이드스텝을 이용해 던져야 되는 것도 변화의 하나다.

마지막으로 주자를 신경 써야 된다. 발 빠른 주자, 혹은 주루 센스가 좋은 주자가 루상에 있으면 투수는 타자에게만 집중할 수 없다.

이는 어떤 투수라도 마찬가지다.

그렇기에 타자들, 특히 리드오프들은 더더욱 집중력을 끌어올린다.

빽!

"볼!"

[2구 볼이 됩니다. 좋은 공이었습니다만 타자의 눈이 좋았습니다.]

[화면을 보시죠. 2/3 지점까지는 완벽하게 스트라이크존으로 들어오는 공이었습니다. 이후 변화를 일으켰죠. 이건 인간의 동체 시력으로는 따라갈 수 없는 변화 위치입니다.]

[그럼 어떻게 골라낸 걸까요?]

[예측을 한 거 같습니다. 초구가 스트라이크존을 통과했기 때문에 2구는 존으로 들어오는 공이 아닐 거다. 그렇게 판단을 한 거겠죠.]

슬로우 화면을 봤을 때 완벽한 공이었다. 골라낸 게 용했다. 본인도 놀라긴 매한가지였다.

‘덕분에 내가 유리해졌다.’

투수는 이번 공을 단순히 유인구로 던진 게 아니다. 투 스트라이크를 만들어 자신에게 유리한 카운트를 가져갈 목적으로 던졌다.

그걸 골라냈으니 적잖이 충격을 받았을 거다.

[3구 던집니다!]

뻐엉—!

“스트라이크!! 투!”

[97마일의 빠른 공이 미트에 꽂힙니다! 외곽 낮은 코스를 관통하는 절묘한 공이 들어왔습니다!]

[절로 감탄이 나올 정도로 좋은 공이었습니다.]

타자가 건드리기 어려운 코스였다. 때린다 하더라도 내야 땅볼 혹은 뜬공밖에 나오지 않을 코스.

‘제길, 저런 코스를 어떻게 때려?’

인디언스의 리드오프인 맥클라인의 얼굴이 일그러졌다. 2구를 잘 건어냈는데 3구에서 예상치 못한 공이 들어왔다.

기세에서 눌렸다. 분명 좋은 타이밍을 잡았는데 말이다. 그라운드에서는 투수와 타자의 치열한 신경전이 벌어지고 있었다.

더그아웃 역시 그런 동료들을 응원하느라 정신이 없었다.

하지만 영웅은 경기를 보지 않았다. 현재 그는 자신이 해야 될 일을 하고 있었다.

정신 집중.

경기가 중반으로 접어들면서 혹시나 흐트러질 수도 있는

정신을 다잡고 있었다. 호흡을 고르고 마인드컨트롤을 하며 흥분을 가라앉혔다.

반드시 동료들이 점수를 얻어줄 것이라 믿으면서 말이다.

레너드는 4회에서도 강력한 모습을 보여주었다. 맥클라인이 끈질기게 볼넷을 얻어 출루를 했지만 점수로 이어지진 못했다.

하지만 영웅은 개의치 않았다. 자신이 해야 될 임무에만 충실했다.

뻐엉—!

"스트라이크! 배터 아웃!"

[삼진입니다! 세 번째 타자를 삼진으로 돌려세우며 이번 이닝에도 삼진을 수확합니다!]

[앞서 두 타자를 효율적인 피칭으로 돌려세우면서 투구 수도 아꼈어요. 이번 이닝은 여러모로 좋았습니다.]

마운드 위의 영웅은 굳건했다. 점수 지원이 없는데도 불구하고 말이다. 그 모습을 바라보는 동료들의 얼굴에는 미안한 감정이 가득했다.

'이런 날이 하루 이틀도 아니고……'

사실 영웅이 득점을 지원받아 승리를 하는 일은 거의 없었다.

대부분 본인이 상대 타선을 틀어막아 얻어낸 승리들이

었다.

'포스트시즌에서까지 그럴 순 없어.'

디비전 시리즈 1차전이다. 월드시리즈까지 생각을 하면 앞으로 수많은 경기가 남아 있었다.

첫 단추가 어긋나면 끝까지 어긋나게 된다. 그러한 사실을 잘 알기에 타자들은 더욱 집중력을 끌어올렸다.

'반드시 때린다.'

타자들이 모두 같은 생각을 했다. 4번 타자부터 이닝이 시작됐다.

뻐엉-!

"볼!"

[초구 볼이 됩니다. 브레이킹 볼을 끝까지 지켜보면서 흘려보냅니다.]

첫 타석에서는 큰 것을 노리는 스윙을 했던 타자다.

한데 신중해졌다.

'공 하나로 판단할 순 없지.'

연달아 2구를 던졌다. 이번에도 변화구였다. 앞서 4회에서 강속구로 카운터를 잡았던 레너드다. 타자들의 머릿속에서 강속구가 각인되었을 거라 생각했다.

그래서 패턴을 바꾸었다. 강속구가 아닌 유인구를 던지면서 카운트를 유리하게 가져갈 생각이었다.

이후 결정구로 다시 강속구를 던져 허를 찌를 계획이었다.

그 계획을 바로 바꿀 수 없었다.

5회, 어느새 레너드의 투구 수는 67개로 늘어나 있었다.

포스트시즌은 언제나 투수가 부족하다. 단기간이다 보니 불펜에 과부하가 걸리는 일이 잦았다.

레너드는 그 사실을 잘 알고 있었다.

'우리 팀의 불펜은 약하다. 내가 최대한 오래 던져야 돼.'

레너드는 지난 시즌부터 두각을 드러낸 투수다. 팀의 실질적인 에이스가 된 시간이 길지 않다는 뜻이다.

그러다 보니 부담감을 느꼈다. 작년, 영웅이 느꼈던 부담감과 비슷한 수준의 부담을 어깨에 안고 있었다. 영웅과 마찬가지로 그의 머릿속에도 생각이 많았다.

그로 인해 손끝이 무뎌졌다.

쐐애애액-!

[2구 던졌습니다!]

구속이 빠른 공이었다. 언뜻 보면 패스트볼로 보였다. 그 순간 공에 회전이 걸리면서 밑으로 뚝 떨어졌다.

아직 홈 플레이트까지는 거리가 있었다. 타자의 배트가 나오다 멈췄다.

퍼퍽-!

"볼!"

[아-! 공이 일찍 변화를 일으키면서 원 바운드가 되었습니다. 오늘 경기 좋은 피칭을 보여주던 레너드 선수인데요. 이번 공은 좋지 않았습니다.]

[구속이나 변화로 보았을 때 스플리터로 보였는데요. 아무래도 악력이 많이 필요한 구종이니 경기 후반에 접어들면서 떨어진 악력으론 변화를 주기 어려웠나 봅니다.]

보는 사람들은 그렇게 생각했다.

하지만 아니었다. 미묘한 변화였지만 레너드의 릴리스 포인트가 조금 앞에서 형성됐다.

보기 어려운 장면은 아니다.

릴리스 포인트란 가상의 포인트다. 숙련된 투수라고 하더라도 보이지 않는 포인트를 일정하게 가져가는 건 어렵다.

끊임없이 반복된 훈련으로 감각적으로 익히는 방법밖에 없었다.

문제는 레너드의 정신 상태였다.

너무 많은 생각을 가지고 있는 상황이다 보니 릴리스 포인트가 미묘하게 흔들렸다.

더 큰 문제는 미묘하게 흔들리다 보니 그것이 릴리스 포인트 문제라고 판단하는 사람이 없다는 점이었다.

게다가 경기 후반이다.

사람들은 그의 체력이 떨어진 것이라 판단을 내렸다.

본인 역시 그렇게 생각했다.

미묘한 차이는 느꼈지만 그것이 릴리스 포인트 탓인지 알지 못했다.

경험이 아직 부족한 탓이었다.

더그아웃에서 휴식을 취하던 영웅은 그런 레너드를 바라봤다.

'벌써 체력이 떨어졌다고?'

그럴 리 없다고 생각을 했다.

포스트시즌은 커다란 압박감 속에서 공을 던진다. 첫 경험일 때는 그 압박감이 상상보다 크게 다가온다. 자신도 그것을 경험했기에 안다.

압박감이 크면 체력 소모도 그만큼 빨라진다. 특히 강속구 투수라면 더더욱 빠르게 체력이 떨어진다.

하지만 아직은 아니었다. 레너드의 평소 투구 수와 비교를 하더라도 너무 이르다.

'다른 이유가 있다.'

이전 투구는 보지 못했다. 정신을 집중한다고 고개를 숙이고 있던 탓이다.

이번에는 놓칠 생각이 없었다. 만약 레너드에게 약간의 변화가 생겼다면 그것을 포착해 알려주는 것 역시 동료들에게 도움이 될 것이다.

[3구 던집니다.]

레너드의 와인드업은 정석적이었다.

강인한 하체 덕에 웬만해서는 밸런스가 무너지지 않았다. 상체의 유연함 역시 그의 투구의 장점이었다. 팔을 스로잉하는 동작 역시 좋았다.

여기까지는 문제가 없었다.

공을 놓는 순간, 영웅의 눈에 이채가 어렸다.

'뭔가 이질적이다.'

그게 정확히 뭔지 알아채지 못했다. 분명 이상함을 느꼈는데 말이다.

퍼엉-!

"스트라이크!!"

이번에는 스트라이크가 들어갔다.

한데 마운드 위의 레너드의 표정이 좋지 않았다. 가볍게 팔을 돌리는 모습이 무언가 이상이 생겼다는 걸 말해주고 있었다.

같은 투수이기에 알 수 있었다. 저런 표정과 행동은 자신의 공에 대해 의문이 생겼을 때 나타나는 현상이라는 걸 말이다.

'스트라이크가 들어갔지만 코스는 썩 좋지 않았다.'

3구는 몸 쪽을 찌르는 공이었다.

오늘 스트라이크존은 몸 쪽이 좁았다. 볼카운트가 몰린 상황에서 던질 코스는 아니었다.

카운트를 잡을 목적이었다면 더더욱 말이다.

'즉, 반대 투구가 일어났다.'

레너드 정도의 수준이라면 지금 순간에 반대 투구가 일어나지 않게 던졌을 거다.

무언가 문제가 생겼다. 그런 결과를 도출해 낼 수 있었다.

'어디에 문제가 생긴 걸까?'

영웅은 휴식도 잊은 채 레너드의 투구를 유심히 살폈다.

그가 공을 던질 때마다 무언가 위화감이 느껴졌다.

그것이 무엇인지 찾아내야 했다.

'전체적인 모습을 봐서는 찾아낼 수 없다. 부분적인 장면을 봐야 돼.'

투구 동작은 여러 연결 동작을 의미한다.

와인드업을 시작으로 다리를 내뻗는 스트라이드로 이어

지고 팔꿈치와 손목을 고정시키는 하이코킹이 뒤이어 일어난다.

이후 릴리스 동작이 나온 뒤 공을 때리는 임팩트 포인트까지 이어진다.

마지막으로 팔을 끝까지 휘두르는 팔로우 스로잉으로 투구 동작은 끝을 맺는다.

'모든 동작이 투구에 영향을 끼친다. 하지만 위화감을 느낄 만한 부분이라면……'

영웅은 많은 경험을 쌓지 못했다.

하지만 그의 머릿속에는 레전드 플레이어들이 알려주었던 경험이 담겨 있었다.

그것은 보물 창고나 다름없었다.

영웅은 그 창고에서 여러 보물을 꺼내 자신이 필요한 것을 골라냈다.

그중에 잭이 했던 말이 떠올랐다.

"릴리스 동작과 임팩트 포인트는 연습으로만 확정지을 수 있다. 문제는 이것들은 가상으로 만들어진 것들이기 때문에 언제든지 흔들릴 수 있다는 것이다."

"잭도요?"

"물론이지. 우리들이라 해도 사람이다. 여러 환경에 노출이 되고 상황에 부딪히게 된다. 그렇기에 언제든지 완벽하게 공을 던질 순 없어."

"그 포인트가 흔들리면 어떻게 해요?"

"빨리 눈치를 채야 된다. 이건 다른 사람이 보더라도 미묘한 부분이기 때문에 스스로 알아채는 게 중요하다."

영웅의 눈이 빛났다. 문제를 찾아냈다.

'공을 때리는 위치가 달라졌다.'

뻐엉-!

"볼! 베이스 온 볼!"

[볼넷입니다! 노아웃에 주자 1루가 됩니다! 4회에 이어 좋은 기회를 잡아내는 인디언스입니다!]

릴리스 동작까지는 완벽했다.

하지만 공에 힘을 가하는 임팩트 포인트의 위치가 달라졌다.

큰 변화는 아니었다. 아주 미묘하게 일어난 변화였다. 그렇기에 본인은 눈치채지 못하고 있었다.

위화감은 느낄 수 있다. 그러나 그것이 무엇 때문인지는 알지 못하고 있는 것이 분명했다.

그때였다.

"타임!"

상대 더그아웃이 움직였다. 감독이 아닌 투수 코치가 직접 마운드를 방문했다.

'눈치챘군.'

에인절스 역시 경험이 풍부한 코치진으로 구성되어 있다.

영웅이 눈치를 챘다면 당연히 알아챘을 것이다.

중요한 건 인디언스 더그아웃이었다.

'우리 쪽은……'

시선이 오른쪽으로 향했다. 투수 코치가 레온에게 이야기를 하고 있는 게 보였다.

'역시……'

우리 쪽도 눈치를 챈 듯했다.

레온은 곧장 타석의 타자를 불러 무언가 지시를 내렸다.

'내가 움직일 필요까지 없었어.'

이곳은 메이저리그다. 최고의 선수와 코치진이 있는 장소였다.

영웅은 다시 수건을 뒤집어쓰고 정신 집중을 하기 시작했다.

'내가 할 일만 잘하면 된다.'

영웅은 다시금 그 말을 떠올리며 눈을 감았다.

따악-!

경쾌한 소리가 그라운드를 울렸다.

[때렸습니다!!]

공이 중견수 앞에 떨어졌다.

그사이 3루 주자가 홈으로 들어왔다.

"세이프!"

[다시 점수를 올리는 인디언스입니다! 5회 들어 3점째!]

[타자들의 집중력이 무섭네요. 그리고 레너드 투수는 갑작스럽게 밸런스가 무너졌습니다.]

[제구력이 흔들리기 시작했죠?]

[예, 불펜 쪽도 급하게 움직이는 걸로 봐서는 에인절스 더 그아웃에서도 눈치를 챈 듯합니다.]

첫 번째 타자를 내보낼 때만 하더라도 불펜은 가동되지 않았다.

금방 본인의 밸런스를 찾을 거라 생각했기 때문이다.

하지만 그러지 못했다.

포스트시즌이란 압박감 때문이었다.

경험이 없기에 방법을 알지 못했다.

듣는 것과 자신이 직접 경험하는 건 많은 차이가 있다.

레너드는 그것을 뼈저리게 느끼고 있었다.

따악-!

[쳤습니다! 이건 큽니다! 담장을 원 바운드로 때리는 타구에 2루 주자, 3루 주자 홈으로 들어옵니다!]

2점을 추가하면서 5점 차가 됐다.

불펜이 늦게 준비된 것이 패인이었다.

원래라면 더 빠르게 교체를 했을 것이다. 하지만 레너드에 대한 믿음이 강하다 보니 늦어졌다.

[결국 레너드 선수는 여기에서 강판됩니다!]

뒤늦게 레너드를 내렸지만 이미 분위기는 인디언스에게 넘어갔다.

야구는 끝날 때까지 끝난 게 아니다.

이 말이 명언이 된 것은 여러 이유가 있다.

그중에 하나가 야구라는 시스템을 잘 표현한 말이기 때문이다.

단 한 번의 공격으로 몇 점의 점수라도 단숨에 뒤집을 수 있다.

하지만 쉬운 일은 아니다.

특히 포스트시즌 같은 선수들의 집중력이 최고조에 이른 상황에서는 더더욱 말이다.

뻐엉-!

"스트라이크! 배터 아웃!"

[삼진입니다! 존슨 선수, 2개의 탈삼진을 기록하며 9회를 깔끔하게 막아냅니다! 이로써 인디언스가 스코어 6 대 1로 디비전 시리즈 1차전을 승리로 장식합니다!]

단 한 번의 판단 미스가 곧 승패를 갈랐다. 아쉬움을 삼킬 수밖에 없는 에인절스.

반면에 기회를 완벽하게 살린 인디언스는 승리를 쟁취했다.

더 큰 수확도 있었다.

'영웅의 투구 수를 아낄 수 있었다.'

승부의 추가 기울자 레온 감독은 과감하게 영웅을 교체시켰다.

덕분에 5이닝만 던지고 총 투구 수는 69개를 기록했다. 영웅의 평균 투구 수가 100구가 넘는 걸 감안했을 때 체력 안배를 했다는 걸 알 수 있었다.

반면 에인절스는 많은 걸 잃었다. 레너드가 많은 투구 수를 기록했고 거기에 불펜까지 소모가 됐다.

또한 분위기 역시 인디언스에게 내주었다.

4장
디비전 시리즈 VS L.A.에인절스(2)

　상승세를 탄 인디언스는 무서웠다. 2차전 역시 승리를 하면서 에인절스를 눌렀다.

　특히 박형수의 활약이 두드러졌다. 1차전에서 큰 활약을 보여주지 못한 그였다. 하지만 2차전에서는 3타석 2안타 1홈런 3타점을 기록했다.

　그가 기록한 홈런은 곧 결승타점이 되었다. 디비전 시리즈는 3승을 먼저 올리는 팀이 이긴다. 2승을 거둔 인디언스는 매우 유리한 위치를 점할 수 있게 됐다.

　남은 건 단 1승. 그 1승을 위해 인디언스 선수단은 비행기에 몸을 실고 에인절스의 구장으로 향했다.

　에인절스의 입장에선 어떻게든 1승을 올려야 했다.

　분위기 반전을 꾀해 순식간에 치고 나가야지 챔피언십 시리즈의 발판을 마련할 수 있었다.

에인절 스타디움.

경기 초반 홈팬들의 일방적인 응원이 쏟아졌다. 비록 2패에 몰려 있지만 그들은 포기하지 않았다. 자신들의 선수가 반드시 1승을 올릴 거란 희망을 가지고 응원을 했다.

선수단 역시 포기하지 않았다. 에인절스 선수단은 어떻게든 분위기 반전을 위해 노력했다.

집중력이 높아진 탓일까? 그렇게 터지지 않던 에인절스의 타선이 1회부터 터졌다.

딱-!

[쳤습니다! 2루 주자 3루를 돌아 홈으로! 타자 주자는 2루까지 내달립니다! 주자 올 세이프! 1회에만 2점을 올리는 에인절스!]

[타자들의 집중력이 매우 돋보입니다. 분명 좋은 공을 던졌는데도 간결한 스윙으로 안타를 만들어내고 있어요!]

집중력은 반드시 필요한 무기다.

2연패를 당하면서 벼랑 끝에 몰린 선수단은 위기감에 집중력이 높아졌다.

덕분에 좋은 공을 던져도 맞아갈 수밖에 없었다.

인디언스 벤치는 차분하게 기다렸다.

'지금은 홈의 분위기를 타고 달아오른 상황이다. 어떤 투수가 나가더라도 맞을 수밖에 없어.'

레온의 시선이 마운드로 향했다.

'점수는 내주었지만 아직 공은 죽지 않았다. 여전히 좋은 공을 던지고 있어. 더 끌고 가도 된다.'

그는 확신을 가졌다.

현재 마운드에 있는 맥코이는 배짱이 있다.

어떤 상황이라도 자신이 가진 공을 던지는 자신감도 있었다.

그리고 맥코이는 밀러 감독의 기대에 부응했다.

뻐엉-!

"스트라이크! 배터 아웃!"

[떨어지는 변화구에 배트 헛돕니다! 위기를 삼진으로 넘기는 맥코이 투수!]

[2점을 내주긴 했지만 본인의 공을 뿌리면서 위기를 넘겼습니다.]

선취점을 내주었다.

보통의 상황이라면 기세가 넘어갔을 거다.

그러나 현재의 인디언스는 고작 이런 일에 기세를 넘겨주지 않았다.

딱-!

[초구를 받아쳤습니다! 2루수 옆을 지나가는 안타입니다!]

[간결한 스윙으로 깔끔한 안타를 만들어냈습니다.]

인디언스의 반격이 시작됐다.

연속적인 안타로 순식간에 무사 1, 3루의 찬스를 만들어냈다.

그리고 타석에 박형수가 들어섰다. 메이저리그는 4번 타자보다 3번 타자에 더 무게를 둔다.

이유는 리드오프인 1번과 만능 플레이어인 2번 타자가 기회를 만들어주면 그걸 회수하는 역할을 해야 되기 때문이다. 이런 이유로 대부분의 팀에선 가장 뛰어난 타자를 3번에 배치한다.

원래 박형수는 4번에 배치됐다. 특유의 파워를 인정받은 것이다.

하지만 페르나의 부상 이후 그는 3번으로 타순이 올라왔다.

감독이 팀에서 그를 가장 신임한다고 판단을 내린 것이다.

실제 그는 3번 타자로서 역할을 잘해왔다. 중압감에 눌릴 수도 있었지만 그는 빼어난 활약으로 감독의 신임을 받았다.

그 결과 디비전 시리즈에서도 선발포수이자 3번 타자로 활약을 이어갔다.

지금도 마찬가지였다.

따악—!

[3구를 강타! 타구가 좌중간을 가릅니다!]

몸 쪽으로 휘어 들어오는 슬라이더를 밀어쳤다.

히팅 포인트를 한참이나 벗어난 공이다. 그런데도 힘으로 끝까지 배트를 밀어 공을 날려 보냈다. 원래라면 내야를 살짝 벗어나는 타구가 되는 게 당연시 된다.

한데 이번 타구는 좌중간을 그대로 갈라 버렸다.

그것도 모자라 원 바운드로 담장을 때렸다. 엄청난 파워라는 말로밖에 설명이 되지 않았다.

[3루 주자 홈인! 1루 주자도 3루를 돌아 홈으로 들어옵니다!]

공은 홈으로 송구됐지만 늦었다.

2번 타자는 만능 플레이어라고 불릴 정도로 모든 스테이터스가 높다.

호타준족이란 말이 딱 어울리는 포지션이었다.

1루에서 전력으로 달리면 홈까지 들어오는 데 별다른 문제가 없었다.

그럼에도 아슬아슬한 장면이 연출된 건 외야수들의 어깨가 그만큼 좋기 때문이다.

위험을 느낀 주자는 그대로 슬라이딩을 해 태그를 피하며 홈을 터치했다.

촤아아아앗-!

"세이프!"

[손이 더 빨랐습니다! 순식간에 2점을 따라붙는 인디언스!]

[아주 좋습니다! 선취점을 내주면서 분위기를 넘겨줄 수 있었지만 순식간에 따라 붙어 분위기를 다시 가져왔습니다!]

[게다가 아직 인디언스의 공격은 끝나지 않았죠?]

[그렇습니다!]

인디언스는 단순히 동점에서 끝나지 않았다. 이미 1, 2차전을 잡으면서 오른 기세는 무서웠다.

1점을 더 추가하면서 역전까지 시켰다. 빅 이닝을 만들지 못한 건 아쉬웠지만 충분히 동등한 대결, 아니, 우위를 점하는 분위기를 만들 수 있었다.

두 팀은 난타전을 이어갔다. 디비전 시리즈에서 난타전은 잘 나오지 않는다.

선수들의 집중력이 매우 높아지기 때문이다. 하지만 그 높아진 집중력 탓에 난타전이 나오는 경우도 있었다.

타자들이 투수들보다 집중력이 높은 경우에 말이다.

[7회 말이 끝난 현재 스코어는 7 대 7로 동률을 이루고 있습니다.]

[디비전 시리즈에 걸맞게 양 팀은 오늘 정말 멋진 대결을 보여주고 있네요.]

명승부는 쉽게 나오지 않는다.

특히 일반인이 보더라도 흥미롭고 좋은 경기는 한 시즌을 통틀어 한 손가락에 뽑을 정도로 적게 나온다.

그 경기가 디비전 시리즈에서 나오고 있었다.

타격전이 펼쳐지고 그러면서도 투수들이 무너지지 않고 있었다.

벌어지면 따라붙고 다시 막아선다.

타자들은 단순히 타석에서만 좋은 모습을 보여주는 게 아니라 수비의 위치에서도 멋진 모습을 연출해 냈다.

다이빙 캐치, 역모션 캐치, 1회전 송구까지. 하이라이트 영상에 나올 법한 수비들이 연달아 펼쳐졌다. 팬들은 환호를 내질렀고 인터넷 댓글은 열광으로 물들어 갔다.

그 경기가 이제 서서히 막을 내리려 하고 있었다.

[8회 초! 인디언스의 공격이 시작됩니다!]

[이번 이닝이 중요합니다.]

1번부터 공격이 시작된다. 어떻게든 추가점을 내서 에인절스를 따돌려야 했다. 그리고 맥클라인은 그 사실을 잘 알고 있었다.

딱—!

[앗! 초구에 기습 번트입니다!]

흔히 말하는 스몰볼. 작전 야구를 일컫는 말로 기습적인 작전으로 주자를 내보내는 야구를 말한다.

최근 메이저리그에서는 잘 볼 수 없는 모습이었다.

실제 레온은 기습 번트라는 작전을 내지 않았다.

즉, 맥클라인 스스로 선택한 것이다. 그는 내야 수비진이 조금 뒤로 빠져 있는 것을 보고 3루 쪽으로 기습 번트를 강행했다.

한 번이라도 실패하면 두 번은 쓸 수 없는 작전이었다.

만약 아웃이 된다면 더더욱 위험해진다. 분위기 자체가 넘어갈 수 있기 때문이다. 그런 리스크를 짊어지고 맥클라인은 작전을 감행했다.

모든 비난을 스스로 짊어질 각오로 말이다.

그 대가는 매우 달콤했다.

픽—!

"세이프!!"

[세이프입니다! 허를 찌르는 기습 번트로 1루에 진출하는 맥클라인 선수!]

[올 시즌 내내 한 번도 보여주지 않던 기습 번트를 디비전 시리즈에서 보여주네요. 정말 대단한 배짱이라고 할 수 있습니다!]

레온 감독의 입가에 미소가 그려졌다.

맥클라인이 느낀 중압감이 얼마나 클지는 그 자신도 잘 알고 있었다.

그렇기에 진정으로 박수를 보낼 수 있었다.

그러나 에인절스도 그냥 끝나지 않았다.

1차전에서 얻은 교훈 덕분인지 그들은 빠르게 투수를 교체했다.

그것도 자신들이 꺼낼 수 있는 마지막 카드를 꺼냈다.

[에인절스의 마무리 투수 카브렐라 선수가 올라옵니다!]

[에인절스가 배수의 진을 쳤네요.]

존 카브렐라.

에인절스의 마무리 투수로 올 시즌 32세이브를 올린 선수다.

최다 세이브 기록은 올리지 못했다.

하지만 평균 자책점, WHIP 등 각종 기록에서 상위권에 이름을 올린 특급 마무리 투수다.

90마일 후반의 패스트볼과 슬라이더 스플리터가 주 무기로 패스트볼과 스플리터의 위력은 메이저리그 최상위권이란 평가를 받았다.

뻐엉-!

"스트라이크! 배터 아웃!"

[삼진입니다! 첫 타자를 삼진으로 깔끔하게 잡아내는 카브렐라 투수!]

[스플리터에 완벽하게 속았습니다. 좋은 기회였는데 아쉽습니다.]

기세가 오른 인디언스를 힘으로 눌렀다.

카브렐라는 메이저리그 최고의 마무리 투수들 중 한 명이란 명성답게 좋은 투구를 보여주었다.

[인디언스 입장에선 매우 아쉽습니다. 주자를 2루까지만 보냈어도 좋았을 텐데 말이죠.]

[그러게 말입니다. 하지만 오늘 경기 3타점 경기를 보여준 박형수 선수가 타석에 들어섭니다!]

박형수는 오늘 3타수 2안타를 기록했다.

좋은 분위기를 이어가고 있었다. 무엇보다 득점권 상황에서 어떻게든 점수를 만들어냈다.

그 사실을 알기 때문에 맥클라인은 2루를 노렸다.

'투수가 날 별로 신경 쓰지 않았다.'

2번 타자를 상대할 때 관찰한 결과다. 맥클라인은 초구부터 공격적으로 2루를 노렸다.

하지만 에인절스 배터리는 그 생각을 읽고 있었다.

[초구 던집니다! 동시에 주자 스타트를 끊었습니다! 아-! 포수 일어납니다! 피치아웃을 합니다!]

일어나서 공을 받은 포수가 그대로 2루에 공을 뿌렸다.

퍽-!

"아웃!"

[주자 아웃됩니다!]

[맥클라인 선수, 기습 도루를 감행했지만 상대 배터리가 이미 눈치를 채고 있었어요. 견제구를 던지지 않았던 건 피치아웃을 성공시키기 위한 시도였습니다.]

맥클라인은 여러 복선을 두었다.

리드 폭을 길게 가져가지도 않았고 달리려는 의도를 보여주지도 않았다.

한 타석만이 아니다.

오늘 경기 내내 맥클라인은 달릴 의사가 없다는 걸 확실히 보여주었다.

그런데도 상대는 눈치를 챘다.

'오히려 그게 실수였다.'

레온 감독은 돌아오는 맥클라인은 격려하며 그렇게 생각했다.

'발이 빠른 선수가 리드 폭을 길게 가져가지 않는 건 오히려 이상한 점이다. 거기에는 첫 플레이오프 출전이라는 복선도 깔려 있지만 상대는 그 너머까지 보고 있었다.'

첫 출전이기에 떨리는 모습을 연출했다.

안전을 우선적으로 생각하는 모습을 보여주었다.

또 다른 복선이다.

'이번 작전에서 맥클라인의 실수는 없었다. 오히려 칭찬을 해야 될 부분이야.'

1루와 2루.

그 차이는 매우 크다.

단타에도 맥클라인의 발이라면 홈까지 노려볼 수 있다.

겉으로 보이는 건 여기까지다.

속까지 본다면 상대 투수에게 주는 정신적 대미지, 보이지 않는 분위기를 가져오는 효과까지.

그 모든 것을 한 번에 얻을 수 있었을 거다.

성공했다면 말이다.

'맥클라인을 탓할 이유는 없다.'

비록 실패를 했더라도 좋은 시도였다. 결과론으로 선수를 비난할 정도로 레온은 어리석지 않았다.

'문제는 이대로라면 분위기가 넘어간다.'

넘어가는 분위기를 잡는 건 후속 타자들이 해줘야 될 일이었다.

하지만 상대가 만만치 않았다.

'카브렐라에게서 점수를 뽑아내려면⋯⋯.'

카브렐라는 올 시즌 단 2개의 피홈런을 기록했다.

메이저리그 전체를 놓고 보더라도 마무리 투수 중 카브렐라보다 적은 피홈런을 기록한 투수는 없었다.

그만큼 그에게서 한방으로 점수를 뽑아내는 건 어려운 일이었다.

'그래도 믿는다.'

그것이 감독으로서 해야 될 일이었다.

야구는 프런트, 스태프, 선수가 모여 결과를 만들어내는 스포츠다.

자신이 걱정을 하더라도 할 수 있는 일은 없다. 이럴 때는 아이처럼 선수를 믿고 맡기는 방법밖에 없었다.

"Park! Park! Park!"

그때 관중석에서 박형수를 연호했다.

한국처럼 풀네임은 아니었지만 그의 퍼스트 네임을 부르

면서 힘을 북돋아주었다.

비록 압도적인 숫자의 에인절스 팬들의 함성 소리에 순식간에 묻혔지만 상관없었다.

'이럴 때 한 방을 날려야지.'

박형수가 배트를 꽉 쥐었다. 타석에 선 그의 시선이 투수를 노려보았다.

'팬들의 응원에 보답하지 못한다면…….'

[투수! 와인드업 합니다!]

풀 와인드업 포지션.

볼카운트는 원 볼.

이제 시작이라 할 수 있는 시점이었다. 하나 박형수의 머릿속에는 그런 계산은 서 있지 않았다.

마스크를 쓸 때 박형수는 매우 스마트한 사람이 된다. 비록 겉모습은 고릴라에 가깝지만 그의 리드를 아는 사람들이라면 안다. 얼마나 똑똑한 사람인지를 말이다.

엄청난 데이터와 경험을 살려 상대 타선을 철저하게 분석해 낸다.

그러나 타석에선 다르다.

투수를 분석하기도 하고 포수를 관찰하기도 한다.

하지만 중요한 순간에 그는 자신의 본능을 믿는다.

그 모습은 마치 한 마리 야수와 같다.

사냥을 하는 야수 말이다.

'거시기를 떼버려!'

박형수의 눈빛이 번뜩였다. 하체가 돌아가고 뒤이어 상체가 회전했다. 그의 시선에는 오로지 야구공 하나만이 들어왔다.

따악―!

[쳤습니다!!]

맞는 순간 그라운드의 모든 이가 깨달았다.

[큽니다! 엄청 큰 타구가 나왔습니다! 이건……!]

넘어갔다는 걸 말이다.

[넘어갔습니다!!]

완벽한 홈런이었다.

그라운드를 도는 박형수는 인디언스의 팬들이 모여 있는 관중석을 향해 주먹을 불끈 쥐어 보였다.

그 모습에 인디언스 팬들이 일제히 환호를 질렀다.

숫자로는 고작 1/10.

하지만 지금 이 순간만큼은 이곳이 프로그레시브 필드인 것처럼 그들의 함성 소리로 그라운드가 가득 찼다.

야구는 끝날 때까지 끝난 게 아니다.

뉴욕 양키스의 레전드, 요기 베라의 말이다.

이 말만큼 야구라는 스포츠를 잘 표현해 주는 명언은 없었다.

특히 명경기가 펼쳐지는 날이면 어떻게 이야기가 흘러갈지 모른다.

인디언스와 에인절스.

두 팀의 디비전 시리즈 3차전 역시 그랬다.

뻐억-!

"볼! 베이스 온 볼!"

[아-! 결국 볼넷이 나옵니다!]

[이거 최악인데요.]

중계진도 당황한 기색이 역력했다.

8회 초.

박형수의 솔로 홈런으로 분위기는 인디언스에게 넘어왔다.

경기 후반을 책임질 투수가 확실하게 있기 때문이다.

바로 존슨이었다. 셋업맨이나 필승조가 강하지 않았기에 레온 감독은 존슨을 8회에 올렸다.

결과는 좋았다.

안타 하나를 내주었지만 세 개의 아웃카운트를 훌륭하게 잡아냈다.

문제는 9회였다.

존슨은 첫 타자부터 안타를 허용했다. 다음 타자에게도 안타를 내주면서 노아웃 1, 2루가 되었다. 그리고 세 번째 타자에게는 풀카운트 승부 끝에 볼넷을 내주고 말았다.

'상대의 집중력이 이긴 거다.'

존슨의 공에는 문제가 없었다.

그저 상대 선수들의 집중력이 높아지면서 유인구에 좀처럼 배트를 내밀지 않게 됐다.

정면승부를 벌여도 치지 못할 공이면 커트를 해냈다.

그 결과가 이거였다.

'어쩔 수 없군.'

레온 감독은 다음 카드를 준비 중이었다.

만약 페넌트레이스라면 존슨이 무너지더라도 끝까지 끌고 갔을 것이다. 선수에 대한 믿음이란 그런 것이니까 말이다.

하지만 단기전인 디비전 시리즈라면 이야기는 다르다. 그는 여기서 시리즈를 끝낼 작정이었다. 그렇기에 비장의 카드를 준비했다.

딸칵—!

더그아웃에 놓인 전화를 들었다. 짧은 신호음이 끝나고 곧 익숙한 목소리가 들려왔다.

—예.

"투수를 바꾼다."

—알겠습니다.

약간 놀란 목소리지만 대답은 금방 따라왔다.

불펜 코치 역시 알고 있었기 때문이다.

전화를 끊은 레온은 직접 마운드로 향했다.

[레온 감독이 마운드를 방문합니다. 마무리 투수가 마운드에 있기 때문에 교체는 아니겠죠?]

[그럴 겁니다.]

마운드에 방문한 레온의 곁으로 선수들이 모였다.

그는 땀을 흘리는 존슨을 바라보며 손을 내밀었다.

"고생했다."

"……."

예상 밖이었다.

설마 존슨을 교체시킬 줄은 누구도 몰랐기 때문이다. 존슨은 차분한 눈으로 레온의 손을 바라보다 입을 열었다.

"제 다음은 누구입니까?"

"강이다."

레온의 대답에 존슨이 작게 고개를 끄덕였다.

'그 녀석이라면…….'

존슨은 손에 들고 있던 공을 레온에게 넘겼다.

"임무를 완수하지 못해 죄송합니다."

"괜찮다."

"다음부터는 이런 일이 없도록 하겠습니다."

"믿는다."

그 말을 끝으로 존슨은 마운드를 내려갔다.

[아―! 존슨 선수 여기서 강판됩니다!]

[불펜이 약한 인디언스인데요. 마무리 투수를 내리면 누구를…….]

그때 카메라가 불펜 쪽을 비추었다.

문이 열리면서 나온 선수를 본 중계진이 놀라 소리쳤다.

[강영웅 선수가 마운드에 올라옵니다!]

디비전 시리즈는 5전 3선승제다.

최대 5번의 경기를 치르지만 한 팀이 3승을 올리면 그대로 시리즈는 끝난다.

2연승을 올린 인디언스는 다소 여유가 있었다.

그런데도 레온 감독은 팀의 에이스를 마무리 투수로 기용했다.

다소 이해할 수 없는 부분이었다.

하지만 야구라는 스포츠를 이해한다면 충분히 납득할 수 있었다.

[강영웅 선수를 마무리 투수로 기용하는 건 다소 이례적인 데요?]

[그렇게 생각할 수도 있습니다. 하지만 레온 감독이 야구를 얼마나 잘 이해하고 있는지 보여주는 대목입니다.]

[그게 무슨 말씀이시죠?]

[오늘 경기는 박빙의 명승부였습니다. 스코어나 기록만 보면 단순 타격전으로 보이지만 두 팀의 투수 중 누구도 우르르 무너지진 않았습니다. 즉, 투수전과 타격전이 동시에 이루어졌다고 볼 수 있습니다.]

[확실히 그렇죠.]

[이런 경기에 선수들은 어떻게든 이기고 싶어 합니다. 시리즈의 성적이 아니라 경기 그 자체를 이기고 싶어 하죠. 높은 십승력의 경기이기 때문에 그로 인해 생기는 번아웃 증후군에 걸릴 확률이 높아집니다.]

번아웃 증후군.

의욕적으로 일에 몰두하던 사람이 무기력해지는 현상을

말한다. 높은 집중력으로 일에 집중하다 결과물이 나오지 않거나 좋지 않으면 생기는 현상이기도 했다.

스포츠에서 이런 현상은 자주 나오는 현상이었다.

[또한 이런 경기를 잡게 되면 그 팀의 분위기는 확실히 올라갑니다. 야구라는 스포츠에서 기세는 무시할 수 없는 요소죠.]

[그래서 확실히 경기를 잡겠다 이건가요?]

[그렇습니다.]

영웅의 연습 투구가 끝났다.

레온은 마운드를 내려가기 전 그와 짧은 대화를 나누었다.

"이번 시리즈는 여기서 끝내고 싶다."

부담이 될 수도 있지만 레온은 영웅을 믿었다. 그렇기에 할 수 있는 말이었다. 고개를 끄덕이는 걸로 대답을 대신하는 영웅의 모습에 레온은 강한 신뢰를 얻고 마운드를 내려 갔다.

"플레이볼!"

[경기 재개됩니다!]

다이아몬드에 모두 주자가 채워졌다.

전광판의 볼카운트에는 단 하나의 불도 들어와 있지 않았다.

한 명의 주자라도 홈으로 들어오면 경기는 리셋이 된다.

인디언스의 입장에선 최악의 상황이 되는 셈이다. 4차전 혹은 5차전에 등판할 투수를 마무리로 올렸으니 말이다.

하지만 당사자의 머릿속에는 그런 생각이 없었다.

'단 한 점도 주지 않는다.'

오직 그가 해야 될 일만이 머리를 가득 채웠다.

'바깥쪽.'

초구의 사인이 나왔다. 고개를 끄덕인 영웅이 세트포지션에서 그대로 사이드 스텝을 밟았다.

[초구 던집니다!]

쐐애애애액—!

그의 손을 떠난 공이 맹렬하게 회전했다.

그리고 그대로 미트에 꽂혔다.

뻐엉—!

"스…… 스트라이크!!"

[바깥쪽 낮은 코스를 날카롭게 찌릅니다! 구속은…… 102마일이 찍혔습니다!]

인디언스 팬들이 일제히 환호를 질렀다.

영웅은 강속구 투수다. 평균 90마일 후반의 공을 던지니 당연했다.

하지만 메이저리그에서 최고로 빠른 공을 던지는 투수는 아니었다. 그보다 더 빠른 공을 가진 투수는 많았다.

전문가들은 그가 선발 투수이기 때문에 어쩔 수 없다고 말했다. 페이스를 배분해야 되기 때문이다. 그래서 일각에선 그가 마무리 투수로 나온다면 더 빠른 공을 던질 수 있을 거라고 주장했다.

그 주장이 실현되는 순간이었다.

[2구 던집니다!]

쐐애애액-!

이번에는 타자도 배트를 돌렸다.

하지만 두 궤적은 하나가 되지 못했다.

뻐엉-!

공이 먼저 미트에 꽂혔다.

후웅-!

그 뒤에야 배트가 허공을 갈랐다.

"스트라이크!! 투!"

[헛스윙입니다! 이번에는…… 103마일이 찍혔습니다!]

굉장한 속도였다.

그것도 풀 와인드업 포지션이 아닌 상황에서 말이다.

'이런 걸 어떻게 때려?'

단순히 속도만 빠른 게 아니었다. 마지막 순간까지 공이 뻗어왔다.

라이징 무브먼트. 생각보다 공이 떨어지지 않으니 궤적을 예측할 수 없었다.

[3구 던집니다!]

쐐애애액-!

뻐엉!

"스트라이크! 배터 아웃!"

[스탠딩 삼진입니다! 첫 번째 아웃카운트를 삼구삼진으로 잡아내는 강영웅 선수! 마지막 공 역시 102마일의 구속이 찍혔습니다!]

마무리 투수 강영웅.

그 임팩트는 너무 강렬했다.

두 번째 타자 역시 영웅의 상대는 되지 못했다.

뻐억-!

"스트라이크!"

[두 번째 타자에게 던진 초구 역시 101마일이 찍힙니다!]

딱!

두 번째 공은 파울이 됐다. 완벽하게 밀린 타구였다.

안타를 만들어낼 수 있는 스윙이 아니었다. 구속도 구속이었지만 뻗어오는 공을 제대로 타격할 수 없었다.

[삼구 던집니다!]

세 번째 공을 뿌렸다. 그의 손에서 떠난 공에는 기백이 담겨 있었다. 지금까지 던졌던 공들과는 달랐다.

반드시 우승하겠다. 그런 의지가 담겨 있는 공은 무서운 속도로 미트에 꽂혔다.

뻐억-!

"스트라이크! 배터 아웃!"

[삼진입니다! 두 개의 아웃 카운트를 잡아내는 데 필요했던 공은 단 6구였습니다!]

간혹 이야기 좋아하는 호사가들은 말한다. 과연 강영웅이 마무리 투수로 메이저리그에 나타났다면 어떻게 됐을까?

대부분의 사람은 클로저로도 성공했을 거라 말한다.

일부는 부정적인 의견을 내기도 했다. 클로저와 선발 투수는 다르다.

가장 큰 차이는 압박감이다. 경기를 끌어 나가는 선발 투수, 경기를 끝내야 되는 클로저.

그 차이로 인해 영웅은 실패할 것이다라고 예상을 하는 것이었다.

하지만 그 예상은 틀렸다. 영웅은 마무리 투수로서도 이미 갖추고 있었다.

마음가짐을 말이다.

뻐억-!

"스트라이크! 배터 아웃!"

[경기 끝납니다! 강영웅 선수! 팀의 마무리 투수로 경기를 끝내는 데 필요한 투구 수는 단 9구였습니다! 디비전 시리즈를 3연승으로 마감하는 클리블랜드 인디언스! 챔피언십 시리즈에 선착합니다!]

마운드 위의 영웅에게 동료들이 달려들었다.

5장
챔피언십 시리즈 VS 뉴욕 양키스(1)

　[또 다른 디비전 시리즈, 뉴욕 양키스와 텍사스 레인저스의 시리즈도 오늘로서 막을 내렸습니다. 승자는 뉴욕 양키스, MVP는 1차전과 4차전에 등판해 승리를 올린 오오타니 쇼헤이 선수에게로 돌아갔습니다.]

　[이번 디비전 시리즈는 모두 5차전까지 가지 않고 시리즈가 끝나는군요.]

　[다소 짧게 느껴지는 시리즈 일정이었습니다.]

　[이제 챔피언십 시리즈로 넘어가게 됐습니다. 3연승으로 선착을 한 클리블랜드 인디언스와 3승 1패로 시리즈에 올라온 뉴욕 양키스간의 대결이 됐군요.]

　[월드시리즈 티켓은 과연 어느 팀에게 돌아갈까요?]

　[전력상 양키스의 우세가 점쳐지고 있습니다. 타격이야 비슷하다고 할 수 있지만 투수력에서 약간의 차이를 보이고

있죠.]

[그 차이는 계투진이겠죠?]

[그렇습니다. 양키스의 계투진은 아메리칸리그 최강이라 불리고 있습니다. 실제로 디비전 시리즈에서 계투진이 허용한 실점은 단 2점에 불과합니다.]

[마무리 투수인 아롤디스 채프먼은 올 시즌 55세이브를 기록했습니다.]

단기전에서 계투진의 중요성은 말할 필요가 없었다.

한 점 차 승부가 나올 가능성이 높기에 단단한 계투진은 필수불가결이었다.

그러다 보니 대다수의 전문가가 양키스의 손을 들어주고 있었다.

한 가지 변수는 강영웅이었다. 챔피언십 시리즈이다 보니 영웅이 과연 몇 번을 등판할 것이냐?

그리고 몇 승을 올릴 수 있을 것이냐에 따라 시리즈의 향방이 결정될 것이라 보고 있었다. 영웅은 충분한 휴식을 취하면서 챔피언십 시리즈를 기다렸다.

포스트시즌의 일정은 촉박하다. 얼마 쉬지도 못했는데 어느덧 챔피언십 시리즈가 코앞으로 다가왔다.

이번 챔피언십 시리즈 1차전은 양키스타디움에서 열린다.

'뉴욕이다.'

챔피언십 시리즈가 열리는 결전의 땅.

뉴욕에 클리블랜드 인디언스가 도착했다.

적지에서 시합하는 건 여러 가지로 불편하다.

일단 구장을 마음대로 이용할 수 없다. 적절하게 시간 배분을 받긴 하지만 홈구장이 아니다 보니 불편함이 있을 수밖에 없었다.

두 번째로는 팬들의 일방적인 응원이다. 페넌트레이스와는 전혀 다른 응원의 강도를 받아야 된다.

다른 점은 또 있었다.

바로 언론의 인터뷰 요청이다. 리그 챔피언을 결정하는 시리즈답게 언론들은 무서울 정도로 인터뷰에 집착한다.

덕분에 선수들은 진땀을 빼야 했다.

영웅도 마찬가지였다.

팀의 에이스인 그에게는 더 많은 기자가 붙어서 인터뷰를 요청했다.

"이번 챔피언십 시리즈 1차전 선발로 내정됐습니다. 컨디션은 어떻습니까?"

프로 선수에게 인터뷰는 매우 중요한 일과 중 하나다. 그들과 인터뷰를 하는 것 역시 프로 선수로서의 덕목으로 생각하기 때문이다.

또한 팬서비스 역시 마찬가지다. 메이저리그에서는 팬서비스를 무척이나 중요시 생각한다. 팬이 있기 때문에 프로가 있다라는 인식이 광범위하게 퍼져 있기 때문이다.

실제 팬이 없다면 프로의 세계는 성립이 불가능하다.

그걸 알기에 선수들은 팬서비스에 공을 들였다.

뉴욕이라 해서 다를 건 없었다.

이미 전국구 스타가 된 영웅에게는 언제나 팬들의 사인 요청이 쏟아졌다. 미국에서 야구를 시작한 영웅 역시 팬서비스에는 매우 적극적이었다.

사인을 해주는 건 물론 사진을 찍거나 악수를 하는 등 스킨십에도 매우 적극적이었다.

덕분에 미국에서 그의 평판은 좋았다.

팬서비스가 끝난 뒤에는 훈련에 열중했다.

챔피언십 시리즈까지는 이제 하루도 남지 않은 상황. 마지막 점검을 끝내야 할 때였다.

퍼엉-!

불펜에 울려 퍼지는 굉음에 레온 감독은 흡족한 미소를 지었다.

'컨디션은 좋군.'

마지막 등판이 마무리 투수였다.

그랬기에 걱정을 했다.

루틴이 깨지는 게 아닌가 싶어서 말이다.

하지만 괜한 걱정이었다. 영웅은 여전히 강력한 구위를 자랑하고 있었다.

펑-! 퍼퍼퍼펑-!

양키스타디움의 하늘에 화려한 불꽃이 수를 놓았다. 사람들은 환호를 질렀고 선수들은 그라운드 위에서 몸을 풀었다.

[전국의 시청자 여러분 안녕하십니까? 지금부터 메이저리그 챔피언십 시리즈, 클리블랜드 인디언스와 뉴욕 양키스 간의 1차전을 보내드리도록 하겠습니다. 도움 말씀에 이종규 해설위원 나오셨습니다. 안녕하십니까?]

[예, 안녕하세요.]

[이번 챔피언십 1차전은 한국 팬들에게 여러모로 관심을 끄는 경기가 됐습니다.]

[그렇습니다. 강영웅 선수가 선발 투수로 등판하는 건 물론이거니와 상대가 하필이면 일본의 에이스 오오타니 선수이기 때문이죠.]

[메이저리그에서 한일전이 열리는 건 오랜만이군요.]

[그렇습니다. 특히 포스트시즌에서의 한일전은 정말 오랜만입니다.]

[선발 투수들이 각 팀의 에이스이기 때문에 점수는 투수전이 될 것이다라고 보는 시각이 많은데요.]

[그렇습니다. 두 선수의 평균 자책점이 1점과 2점대입니다. 평균 7이닝을 투구했다고 봤을 때 매우 낮은 수치죠.]

[그렇기 때문에 불펜이 강한 양키스가 승리할 가능성이 높다고 점치는 전문가가 많습니다.]

[관건은 강영웅 선수가 몇 이닝을 소화하느냐, 그리고 강영웅 선수가 강판되기 이전에 인디언스가 점수를 낼 수 있느냐입니다.]

[그렇군요. 경기 시작합니다. 인디언스의 선공으로 펼쳐집니다. 오오타니 선수 초구 던집니다.]

퍼엉-!

"스트라이크!!"

[초구부터 100마일의 강속구로 시작합니다. 여전히 강력한 구속을 보여주는군요.]

[디비전 시리즈 1차전과 5차전에 등판해 총 207개의 공을 던졌습니다. 14이닝을 던지는 동안 단 1실점을 할 정도로 컨디션이 좋은 오오타니 선수입니다.]

오오타니는 인디언스 타선을 무력화시켰다.

세 명의 타자를 상대로 고작 12개의 공을 던지면서 1이닝을 마감했다.

'굉장하군.'

오오타니의 메이저리그 성공은 많은 이가 점쳤다.

굴곡이 있긴 했지만 예상대로 성공했다.

특히 구속을 유지하면서 성공했다는 것이 가장 큰 장점이었다. 선발 투수이면서 100마일 이상의 공을 뿌린다는 건 엄청난 무기였다.

오오타니의 1회 활약에 양키스타디움이 뜨겁게 달아올랐다. 팬들은 그의 이름을 연호했고 타자들의 기세도 올랐다.

부담을 느끼기에 충분한 상황.

하지만 마운드에 오른 영웅은 여느 때와 마찬가지로 무심한 얼굴이었다.

'이긴다.'

그의 마음속에는 한 가지 생각밖에 없었다.

반드시 이긴다.

투쟁심으로 불타는 모습에 뒤를 지키고 있는 수비들 역시 집중력을 끌어올렸다.

"플레이볼!"

경기가 재개됐다.

[1회 말, 강영웅 선수 초구 던집니다!]

초구는 무척이나 중요하다. 첫 발이 흔들리면 다음 스텝도 꼬일 수밖에 없다.

투수건 타자건 마찬가지다. 그걸 알기에 양키스의 선두 타자 빌리는 높은 집중력으로 타석에 섰다.

"후우……."

깊게 한숨을 뱉은 영웅이 풀 와인드업에 들어갔다. 상체를 비트는 특유의 트위스트 폼에서 부드럽게 투구로 이어졌다.

탁-!

다리를 내디딘 영웅이 빠르게 상체를 회전시켰다.

"흡!"

호흡을 멈추고 팔을 돌렸다.

시선은 정확히 포수의 미트를 바라보고 있었다.

쐐애애애애액-!

손을 떠난 공이 맹렬하게 회전했다. 동시에 빌리의 허리도 돌아갔다. 타이밍은 분명 맞아 떨어졌다. 평소의 공이었다면 말이다.

뻐엉-!

공이 미트에 꽂히면서 굉음이 울려 퍼졌다.

부앙-!

뒤이어 배트가 힘없이 허공을 갈랐다.

완벽히 타이밍을 뺏겼다.

빌리의 얼굴이 일그러졌다.

'어째서?'

의문을 가졌지만 그 답은 금세 찾을 수 있었다. 전광판에 찍힌 숫자를 봤기 때문이다.

[초구! 100마일이 찍혔습니다!]

캐스터도 놀라 소리쳤다.

하지만 기자들은 의아한 표정을 지었다.

"강영웅이 초구부터 100마일을 던졌다고?"

"너무 힘 빼는 거 아니야?"

영웅이 메이저리그에 진출한 지 어느덧 4년이 됐다. 충분한 데이터가 쌓였고 그건 기자들 역시 잘 알고 있었다.

그렇기에 의아해했다.

영웅의 패스트볼 평균 구속은 96마일이다. 간혹 100마일 이상의 공을 던지긴 하지만 그건 전력투구를 하는 경우다.

선발 투수에게 전력투구란 양날의 검이다.

초반에야 상대 타선을 잠재우면서 승승장구할 수 있지만 중반부터 힘이 빠지게 된다.

그렇게 되면 난타를 맞을 수도 있다는 위험이 있다.

영웅이 높은 평가를 받았던 건 완급 조절 덕분이다. 빠른 공을 던지면서도 적절하게 구속을 조절해 긴 이닝을 책임졌다.

경험이 적으면서도 이닝 이터의 면모를 보여주었기에 짧은 기간에 높은 평가를 얻게 됐다.

"혹시 초반에는 확실히 잡고 가겠다는 생각 아닐까?"

"그럴 수도 있겠지."

단기전이다. 1승이 무엇보다 중요하다. 그렇기에 기세 싸움이 무척이나 중요시 여겨졌다. 영웅은 그 기세를 올리는 싸움을 하고 있었다.

기자들은 그렇게 생각했다.

뻐엉-!

"스트라이크! 배터 아웃!"

[챔피언십 1차전 첫 타자를 삼구삼진으로 잡아내는 강영웅 선수입니다!]

예상대로 경기는 투수전 양상이 됐다.

오오타니는 4이닝 동안 61개의 공을 던졌다. 1개의 안타를 허용했지만 점수는 단 하나도 내주지 않는 완벽한 피칭을 이어갔다. 영웅은 3이닝 동안 41개의 공을 던지면서 단 1개의 피안타도 허용하지 않았다.

무엇보다 기자들이 놀란 건 그의 페이스였다.

뻐엉-!

"스트라이크! 배터 아웃!"

[7번째 탈삼진을 기록한 강영웅 선수! 이번에도 101마일의 빠른 공을 뿌립니다!]

초반 기세 싸움이라 생각했던 기자들의 예측은 완벽히 빗나갔다.

영웅은 중반에 접어들어서도 페이스를 낮추지 않았다.

그가 던진 41개의 공 중 30개가 패스트볼이었는데 그중 100마일 아래는 단 2개밖에 없었다.

즉, 공 하나하나가 모두 전력투구였다는 소리다.

'설마 끝까지 저 페이스를 유지할 생각인가?'

불가능한 일은 아니다.

통상적으로 선발 투수에게 주어지는 임무는 7이닝이다.

현재 투구 수라면 7이닝까지 던지더라도 투구 수는 100구 아래가 된다. 마지막 6, 7이닝이 고비가 되겠지만 그것만 넘어선다면 지금의 페이스라 해도 충분할 것이다.

'아무래도 우리가 모르는 강영웅의 모습이 있었나 보군.'

새로운 모습의 강영웅을 보며 기자들은 혀를 내둘렀다.

하지만 우려를 하는 이들도 있었다.

'과연 언제까지 저 페이스를 유지할까?'

양날의 검이 영웅을 겨눌 때가 분명히 온다. 그 순간 대처를 어떻게 할 수 있을지 의문이었다.

영웅에 대한 신뢰는 높다. 그러나 처음 보이는 모습에는 언제나 불신이 따라오게 마련이었다. 그 불신을 해소시키기 위해서는 단 한 가지 방법밖에 없었다.

뻐엉─!

"스트라이크! 아웃!"

[마지막 아웃 카운트를 삼구삼진으로 잡아냅니다! 4회 역시 무실점으로 이닝을 마감하는 강영웅 선수!]

직접 보여주는 방법밖에는 말이다.

경기는 투수전이 됐다. 흔히들 아는 사람들만 재밌다고 불리는 투수전이다.

하지만 강영웅과 오오타니의 대결은 모르는 사람이 보더라도 흥미롭고 박진감이 넘쳤다.

뻐억-!

[101마일의 강속구에 배트 헛돕니다!]

[오오타니 선수, 오늘도 100마일이 넘는 강속구를 자유자재로 구사하고 있습니다!]

소위 투수전은 여러 심리전이 구사된다.

그렇기에 어렵고 지루하다. 바둑이나 장기 역시 아는 사람만 재밌는 이유는 그 안에 담겨 있는 신묘한 수를 모르기 때문이다.

투수전 역시 그런 이유가 있었다.

하지만 두 사람의 투수전은 단순했다. 빠른 공으로 타자를 짓누르는 투구를 이어갔다. 타자들은 번번이 그 공에 방망이를 헛돌리거나 그 자리에서 얼음이 되었다.

겉으로만 봤을 때 두 사람의 공은 단순한 패스트볼이었다.

그러나 타자의 눈으로 보면 달랐다.

뻐엉-!

"스트라이크!!"

'제길…… 마지막 순간에 공이 휘어 들어왔어.'

타자가 공을 마지막까지 판단을 내리는 건 홈 플레이트 직전이 아니다. 그보다 앞에서 판단을 내린다. 그래야 스윙에 힘을 더하고 강하게 휘두를 수 있다.

한데 두 사람의 공은 그 이후에 한 번 더 변한다. 그러다 보니 번번이 헛스윙이 나올 수밖에 없었다.

사람들은 깨달았다. 두 사람의 대결은 타자의 손에 끝나지 않는다는 걸 말이다.

'누가 먼저 지칠 것인가?'

인간의 체력은 무한하지 않다. 강속구를 던지다 보면 빠르게 체력은 떨어지고 그때가 되면 공략할 수 있게 된다.

그 시기는 점점 다가오고 있었다. 양 팀의 더그아웃은 그 순간을 기다리고 있었다.

"불펜은?"

"준비가 끝났습니다. 언제든지 나갈 수 있습니다."

레온은 6회가 끝났을 때부터 불펜을 준비시켰다.

좌 · 우투수, 누구든지 나갈 수 있게 말이다.

양키스 역시 마찬가지였다.

하지만 더 고민이 되는 건 인디언스의 레온 감독이었다.

'퍼펙트게임이라니…….'

6이닝 무실점 퍼펙트게임.

단 하나의 사사구도 내주지 않은 채 영웅은 양키스 타선을 막아내고 있었다.

반면 양키스의 오오타니는 안타를 내준 상황. 언제든지 교체를 할 수 있었다.

그러나 영웅은 교체를 하기 애매한 상황이었다.

'포스트시즌에서 퍼펙트게임이 나온 건 단 한 번밖에 없었다.'

1956년 뉴욕 양키스의 돈 라센이 월드시리즈 5차전에서 브루클린 다저스를 상대로 만들어낸 기록이다. 이후 누구도 포스트시즌 도중에 퍼펙트게임을 만들어내지 못했다.

그런 기록에 도전하고 있는 영웅이다.

아무리 포스트시즌이라 해도 레온 감독은 바꿀 수 없었다.

'역사를 보고 싶다.'

감독은 참으로 고달픈 자리다.

특히 이런 상황에 처하면 선택을 내리기 어렵다. 포스트시즌에서 1승의 중요성이 그만큼 크기 때문이다.

하지만 레온은 일찌감치 결론을 내렸다. 성급한 결론이 아니었다. 수장이 결정을 내리지 못하고 갈팡질팡하면 팀 전체가 흔들릴 가능성이 있었다.

그걸 막기 위해서 그는 다소 이른 판단을 내렸다.

그러면서도 가이드라인은 확실히 정했다.

'기록이 깨지면……'

망설이지 않고 바꾼다.

그것이 레온의 판단이었다.

7회까지 양 팀의 득점은 제로였다.

숨 막히는 투수전이었다. 오오타니와 강영웅의 탈삼진 기록은 각각 14개와 17개였다.

영웅은 자신의 최다 탈삼진 기록까지 가시권에 두었다.

"설마 이런 전개가 될 줄이야······."

기자들은 경악했다.

투수전이 될 것이란 건 알았다.

하지만 설마 단 1점도 나지 않는 경기가 될 줄은 몰랐다. 무엇보다 놀란 건 영웅의 피칭이었다.

'1회부터 100마일 이상의 공을 던져왔다. 투구 수가 벌써 90개에 이르렀지만 구속이 떨어지지 않고 있어.'

불신은 사라졌다. 더 이상 그에 대한 의문을 가지는 전문가는 없었다. 그저 경이로운 이 순간을 지켜볼 뿐이었다.

'상식을 넘어섰다.'

전문가는 여러 데이터와 과거의 사례를 가지고 미래를 예측한다.

하나 영웅에게는 그런 예측이 무의미했다. 과거를 뛰어넘는 선수이기 때문이다.

'저런 선수와 동시대에 있는 게 영광이다.'

기자들은 그런 마음으로 경기를 지켜봤다.

역사적인 장면을 두 눈에 새기기 위해서 말이다.

뻐엉-!

"볼! 베이스 온 볼!"

[아一! 스트레이트 볼넷이 나옵니다!]

[오오타니 선수가 많이 지쳐 보이네요.]

[어느새 투구 수가 110개가 넘어섰습니다. 아무래도 한계라고 봐야겠죠?]

[그렇습니다. 더 이상은 힘들 것으로 보입니다.]

양키스 더그아웃이 움직였다.

감독이 직접 마운드를 방문했다.

[여기서 교체가 된다고 하더라도 오오타니 선수, 오늘 경기에서 보여준 투혼은 정말 멋졌습니다.]

[7이닝 동안 단 2개의 피안타만 허용했을 정도로 완벽한 피칭이었습니다.]

오오타니는 한참 동안 감독과 대화를 나누었다.

평소라면 내려왔을 상황. 그러나 상대가 상대이니만큼 끝까지 던지고 싶었다.

"뒤는 동료들에게 맡겨라. 넌 최선을 다해주었다. 팬들의 반응이 그걸 증명해 주지 않고 있냐?"

감독의 말대로였다. 벌써부터 양키스의 팬들은 기립박수로 오오타니의 호투에 보답하고 있었다.

그 모습을 지켜본 오오타니는 고개를 끄덕였다. 개인의 싸움보다는 팀의 승리가 우선이었다. 결국 오오타니의 손에 들려 있던 공이 감독에게로 건네졌다.

[양키스의 투수가 먼저 교체됩니다!]

오오타니에게 우레와 같은 박수가 쏟아졌다. 오늘 경기의 선발 투수들에게 승자와 패자는 없었다.

둘 모두 호투를 펼쳤을 뿐이었다.

하지만 경기의 승패는 결정지어야 된다.

인디언스에게 기회가 왔다. 노아웃 1루의 상황, 어떻게든 기회를 살려야 했다.

레온 감독은 바로 움직였다.

[인디언스의 타자도 교체됩니다!]

[좌투수에게 강한 타자가 나오네요.]

[하멜 피어슨 선수는 올 시즌 좌투수를 상대로 3할 7푼 1리라는 좋은 성적을 올렸네요.]

[우투수에게 약하다는 약점이 있지만 좌투수에게는 스페셜리스트라고 불릴 수 있는 선수입니다.]

일명 조커라고 할 수 있었다.

지금 시점에서 안타 하나만 때린다면 분위기는 단숨에 넘어오게 된다.

그것을 알기에 투수와 타자 모두 신중했다.

딱—!

"파울!"

[아쉽게 파울이 됩니다! 볼카운트 2볼 2스트라이크로 타자에게 불리하게 이어집니다!]

투수가 신중하게 다음 공을 골랐다. 한참 동안 포수와 사인을 교환한 투수가 드디어 고개를 끄덕였다.

[제5구 던집니다!]

슬라이드 스텝에 이어 투수의 손에서 공이 뿌려졌다.

쐐애애애액-!

구종은 슬라이더였다.

변화가 일찌감치 일어났다.

즉, 실투라는 소리였다.

변화를 간파한 피어슨의 배트가 매섭게 돌아갔다.

따악-!

경쾌한 소리와 함께 타구가 날아갔다. 높게 뜨진 않았지만 빠른 속도였다.

그대로 내야로 빠져나가려는 그 순간.

퍽!

몸을 날린 3루수의 글러브에 그대로 박혔다. 그대로 한 바퀴 구른 3루수가 벌떡 일어나며 1루를 향해 공을 뿌렸다.

2루로 달리려던 주자가 급하게 베이스로 돌아갔다.

퍽-!

거의 동시에 두 개의 소리가 그라운드에 울려 퍼졌다.

사람들의 시선이 1루심에게로 향했다.

"세이프!!"

"아-!"

"오!"

감탄과 아쉬움이 섞인 반응이 관중석에서 흘러나왔다.

[엄청난 호수비가 나왔습니다! 굉장히 빠른 타구를 동물적인 반사 신경으로 낚아챘습니다!]

[완전히 빠졌다고 생각했는데 말이죠. 주자의 귀루가 조금만 늦었으면 더블플레이가 나올 뻔했습니다.]

양키스 선수들의 집중력도 매우 높았다. 자신들의 에이스가 마지막까지 호투를 벌이고 내려갔다.

이런 경기에서 질 수 없었다.

모두 한마음이 되었다. 그들은 높은 집중력으로 타구를 잡아갔다. 평소라면 나오기 어려운 파인플레이가 여러 번 나왔다.

그 결과 위기를 잘 넘길 수 있었다.

퍽-!

[내야 뜬공으로 세 번째 아웃 카운트가 올라갑니다! 노아웃 1루였던 기회를 이어가지 못하는 인디언스입니다.]

[아쉽게 됐습니다. 분명 좋은 찬스였는데 말이죠.]

[이렇게 되면 강영웅 선수의 어깨가 더 무거워지는 게 아닐까요?]

[그러게 말입니다. 득점 지원이 전혀 되지 않고 있으니 투수 입장에선 이런 곤욕도 없을 겁니다.]

경기를 관전하는 이들이 답답함을 느낄 정도였다.

하지만 정작 본인은 달랐다. 8회가 될 동안 단 한 점의 점수도 없었지만 영웅은 흔들리지 않았다.

"후우……."

마운드에 오른 영웅은 집중력을 끌어올렸다. 체력이 떨어졌지만 그의 집중력은 쉽사리 흐트러지지 않았다.

목표가 있기에 가능한 일이었다.

'월드시리즈에서 우승하겠어.'

포스트시즌 진출이 결정되었을 때.

영웅은 오직 이 목표 하나만을 가지고 경기에 임해왔다.

다른 선수들도 같은 목표를 가지고 있다.

하지만 영웅은 조금 특별했다. 작년 월드시리즈를 앞두고 부상으로 쓰러졌다. 그때 이후부터 영웅은 지금 이 순간을 바라고 있었다.

반드시 우승하겠다는 일념을 말이다.

'몸 쪽 패스트볼.'

박형수의 사인에 고개를 끄덕였다. 그는 모든 집중력을 손끝에 집중시켜 있는 힘껏 공을 뿌렸다.

쐐애애액―!

뻐억!

"스트라이크!!"

[초구 100마일의 빠른 공이 몸 쪽을 날카롭게 찌릅니다!]

[대단합니다! 도대체 이 선수의 집중력은 어디까지 이어질지 상상이 되지 않습니다!]

언제까지?

당연히 이길 때까지 계속 가져갈 생각이었다.

현재의 집중력을 말이다.

8회 말.

세 명의 타자를 상대로 영웅은 2개의 삼진을 기록했다.

이제 퍼펙트게임까지는 단 3개의 아웃 카운트를 남겨놓은 상황.

하지만 그 기록을 달성하기 위해서는 한 가지 전제조건이 붙는다.

[9회 초, 정규이닝 마지막 공격에서 과연 점수를 낼 수 있을지. 인디언스의 공격 시작됩니다!]

인디언스가 점수를 내야 된다는 것이었다.

만약 정규 이닝에서 점수를 내지 못하면 경기는 연장전으로 흘러간다.

9회 말을 무실점을 막는다 해도 말이다. 정규 이닝 동안 퍼펙트게임을 달성했으니 역사에도 그렇게 남을까?

정답을 말하자면 아니다. 퍼펙트게임은 어디까지나 경기가 끝나는 순간까지 주자가 1루를 밟아서는 안 된다.

연장전에 접어들어서도 말이다.

실제 KBO에서도 비슷한 사례가 있었다.

9이닝 퍼펙트게임을 달성했지만 동점이 계속되어 연장전에 가서 기록이 깨진 사례가 말이다.

그 사실을 타자들 역시 잘 알고 있었다.

"영웅은 이미 제 역할을 다했다. 남은 건 우리가 해야 돼."

누군가 말했다.

그리고 모든 타자가 고개를 끄덕였다. 어떻게든 점수를 낸다. 그것이 자신들의 임무였으니 말이다.

"플레이볼!"

양키스의 마운드에는 마무리 투수 채프먼이 아닌 피에르가 올라와 있었다.

승리조에 속하는 투수로 올 시즌 17개의 홀드를 기록했다.

빠른 공과 강력한 커브를 보유한 선수로 올 시즌 2.12의 평균 자책점을 기록 중이었다.

[양키스는 연장전까지 생각을 하는지 아직 채프먼 선수를 아끼는 모양새입니다.]

[인디언스의 타선이 하위 타선이기 때문에 내릴 수 있는 선택입니다.]

9회 말 시작은 7번 타자부터 시작됐다. 인디언스의 하위 타선은 약하다는 평을 받았다. 앞으로의 경기도 생각을 해야 하기에 채프먼을 아끼는 판단은 나쁘지 않았다.

"후우……."

[타석에는 오늘 경기 3타석 무안타를 기록 중인 커비 레이츠 선수입니다.]

[한 방을 가진 선수이기 때문에 기대를 해볼 만합니다.]

커비 레이츠는 올 시즌 17개의 홈런을 때려냈다. 파워는 나쁘지 않았지만 정확도가 부족했다. 힘에 너무 의존한다는 평가를 받기도 했다.

'앞서 타석에서 너무 한 방을 노렸어. 하나하나 쌓아간다는 느낌으로 해야 된다.'

커비는 영웅에게 도움을 주고 싶었다.

그건 인디언스의 모든 선수가 그랬다. 그렇기에 자신의 가장 큰 장점인 힘을 포기하고 어떻게든 살아나갈 생각을 했다.

배트까지 짧게 잡고서 말이다.

하지만 피에르의 변화구는 무척이나 정교했다.

퍽-!

"스트라이크!!"

[볼카운트가 몰리는 커비 선수입니다.]

[변화구에 번번이 헛스윙을 해주네요. 유인구를 걸러내지 못하니 볼카운트가 나빠질 수밖에 없습니다.]

순식간에 1볼 2스트라이크로 몰렸다.

"후우…… 후우…….""

'집중하자! 집중!'

크게 숨을 몰아쉰 커비가 다시 타석에 섰다. 그리고 이전 과는 다른 집중력을 끌어올렸다.

끈질기게 원하는 공을 기다렸다. 어설프게 날아오는 공은 모두 커트해 내면서 말이다.

그 결과 2볼 2스트라이크가 됐다.

피에르의 투구 수는 어느새 7구까지 늘어났다.

'제길! 좀 아웃이 되라고!'

메이저리그 투수의 제구력은 매우 정교하다. 하지만 실투 가 안 나오는 건 아니었다.

'헉!'

공이 손에서 떠나는 순간 피에르는 깨달았다.

이번 공은 실투다. 예상대로 공은 밋밋하게 들어갔다. 떨 어져야 될 스플리터가 변화 없이 존의 가운데로 들어가고 있 었다.

그 순간 커비는 망설이지 않고 배트를 돌렸다.

간결하면서 정확한 스윙이었다.

따악-!

경쾌한 소리가 그라운드에 울려 퍼졌다.

커비는 타구를 확인하지 않고 전력으로 베이스를 향해 질주했다.

한 베이스라도 더 가야 된다.

그런 마음이었기에 타구를 확인할 틈이 없었다.

막 1루 베이스에 도착했을 때.

"커비! 어딜 그렇게 급하게 뛰어가?"

"예?"

코치의 말에 커비의 시선이 위로 향했다.

그의 눈에 관중석에 떨어지는 타구가 들어왔다.

"홈런이다. 천천히 들어가라고."

"하하……."

[커리어 처음으로 포스트시즌 홈런을 기록하는 커비 레이츠 선수입니다!]

6장
챔피언십 시리즈 VS 뉴욕 양키스(2)

드디어 터진 인디언스의 선취점.

하지만 양키스는 곧장 채프먼을 투입하면서 더 이상의 실점도 허용하지 않았다.

이제 경기를 끝낼 수 있는 기회 인디언스에게 넘어왔다.

바로 영웅의 손에 말이다.

[정규 이닝 남은 아웃 카운트는 단 3개! 퍼펙트게임을 위해 필요한 아웃 카운트 역시 단 3개만 남았습니다!]

새로운 역사를 눈앞에 둔 관중들은 제자리에 앉아 있지 못했다.

모두 자리에서 일어나 영웅의 피칭 하나하나에 집중했다.

딱-!

"오우-!"

배트에 공이 맞을 때마다 탄성이 터져 나왔다.

그 소리에는 많은 감정이 담겨 있었다.

퍼펙트게임이 깨질 수도 있다는 것에 대한 안타까움, 혹은 기대감 등이 들어 있었다.

"파울!"

하지만 공은 3루 관중석에 떨어졌다.

인디언스의 원정팬들이 안도의 한숨을 내쉬었다.

자리에 앉은 팬들은 없었다. 그들은 영웅이 공을 던질 때마다 탄성과 환호를 지르면서 새로운 역사를 관람했다.

뻐엉-!

"스트라이크! 배터 아웃!"

"와아아아-!"

[삼진입니다! 6구 만에 삼진을 잡아내는 강영웅 선수!]

[슬라이더가 기가 막히게 들어갔네요.]

[퍼펙트게임까지 남은 아웃 카운트는 단 2개입니다!]

영웅은 크게 심호흡을 뱉었다. 의식을 하지 않으려 해도 여기까지 오면 의식이 될 수밖에 없다. 호흡을 고르면서 흥분을 애써 가라앉혔다.

'마지막까지 집중력을 잃지 말자.'

초심을 떠올리며 다음 타자를 상대했다.

9회 말이 되었지만 그의 공은 여전히 위력적이었다. 구속이 줄긴 했지만 볼 끝은 살아 있었다. 타자들의 배트를 요리조리 피하는 변화구 역시 일품이었다.

딱-!

"파울!"

[7구 파울이 됩니다.]

[타자들의 집중력이 매우 좋아졌습니다. 좀처럼 헛스윙을 하지 않고 있어요.]

영웅의 집중력만큼이나 타자들의 집중력 역시 좋아졌다.

투구 수가 늘어난 게 그 증거였다.

'변화구의 예리함이 조금씩 줄어들고 있다.'

본격적으로 커트를 당하기 시작했다. 실투라도 나온다면 위험한 타구가 나올 가능성도 있었다.

'변화구가 통하지 않는다면……'

때마침 박형수의 사인도 원하는 것이 나왔다. 고개를 끄덕인 영웅이 와인드업을 했다. 모든 힘을 손끝에 집중해 있는 힘껏 공을 뿌렸다.

"차앗-!"

몸속 깊숙이 남아 있던 힘까지 끌어올리다 보니 자신도 모르게 기합소리가 터져 나왔다. 손을 떠난 공이 맹렬하게 회전을 하며 미트와의 거리를 좁혔다.

그것을 낚아채기 위해 배트가 중간에서 나타났다.

궤적이 하나가 되려는 순간.

후웅-!

궤적이 어긋나면서 배트가 허공을 갈랐고 그 위로 공이 지나갔다.

퍼엉-!

"스트라이크! 배터 아웃!"

[삼진입니다! 마지막 공은 포심 패스트볼이었습니다!]

[라이징 무브먼트가 기가 막히게 들어갔네요. 7회 이후부터는 공의 무브먼트가 많이 줄어들면서 대부분 테일링 무브먼트가 일어났는데 말이죠. 기습적으로 라이징 무브먼트가 일어나면서 타자가 반응할 수 없었습니다.]

남은 타자는 단 한 명.

영웅의 표정은 그 어느 때보다 차분해졌다.

놀라운 일이었다.

여기까지 오면 긴장을 하거나 흥분을 하는 게 당연한 일이었다.

대기록이 눈앞에 있으니 말이다.

하지만 영웅은 그러지 않았다. 이미 경험을 해보았기에 그럴 수 있었다.

또 하나.

그의 목적의식 때문이었다. 지금은 그저 지나가는 단계일 뿐이었다. 챔피언십 시리즈를 넘어 월드시리즈에서 이기기 전까지.

그는 방심을 하지 않을 생각이었다. 오직 그 목표 하나만을 보고 계속해서 달렸다.

뻐엉-!

"스트라이크!!"

[98마일의 빠른 공이 미트에 꽂힙니다!]

퍽-!

"볼!"

[2구는 볼이 됩니다.]

딱-!

"파울!"

[1루 쪽 관중석에 떨어집니다! 파울! 볼카운트는 원 볼 투 스트라이크가 됩니다!]

박형수의 다양한 수가 떠올랐다.

'유인구를 던져서 배트를 끌어낼까? 아니면 바로 승부를 할까? 아니야, 하나쯤은 빼도 될 거 같은데.'

고민을 하고 있던 그때, 영웅이 먼저 사인을 냈다.

'승부를 하겠습니다.'

그것도 정면 승부였다.

사실 영웅은 자신의 변화구도 더 이상 통하지 않을 것이라고 판단을 내렸다.

실제로 9회에 접어들어 던졌던 변화구는 모두 제대로 들어가지 못했다.

타자들도 빠른 반응을 보여왔다.

즉, 힘이 떨어져 타자들에게 읽히게 되었다는 소리다.

무엇보다 공의 회전이 떨어지면서 변화구의 각도가 평소보다 좋지 않았다. 집중력이 높아진 타자들에게 어설픈 변화구를 내준다면 장타 혹은 홈런으로 이어질 수 있다.

그렇기에 정면 승부를 택했다.

하지만 위험성이 없는 건 아니었다. 9회 들어 영웅은 패스트볼의 비율을 높여왔다. 힘이 떨어지면서 자연스레 자신 있는 구종을 택하기 시작한 것이다.

문제는 타자들의 눈에 익었다는 것이다. 아무리 좋은 공이라도 눈에 익는다면 얼마든지 공략이 가능하다.

그게 바로 메이저리그의 타자들이었다. 투수가 힘이 빠져 있다면 공략은 더더욱 쉬워진다.

패스트볼을 다시 한번 선택하기 어려운 이유 중에 하나다.

하지만 박형수는 영웅을 믿었다.

'너의 공이라면 맞지 않겠지.'

그동안 쌓아온 영웅의 커리어가 그것을 말해주고 있었다.

짧은 시간에 메이저리그의 새 역사를 쓰고 있는 영웅이기에 그의 선택을 존중할 수 있었다.

만약 여기서 퍼펙트게임이 깨진다 하더라도 사람들은 그를 비난하지 않을 것이다.

오히려 이런 상황에서도 대담한 선택을 한 그의 결정에 박수를 보낼 게 분명했다.

그렇기에 박형수는 결정을 내릴 수 있었다.

'패스트볼.'

사인을 내고 양손을 좌우로 벌렸다.

원하는 곳 어디든 던지라는 사인이었다.

'반드시 받아주마.'

박형수도 목숨을 걸었다. 이런 순간에는 포수도 긴장하긴 마찬가지다.

실제로 포수의 실수로 퍼펙트게임이 깨지는 일도 야구 역사에는 얼마든지 있었다.

그런 불행한 역사를 만들고 싶진 않았다. 그 어느 때보다 높은 집중력으로 박형수는 포구에 임했다.

그 마음가짐이 느껴졌다. 영웅은 자신을 위해 목숨까지 건 박형수를 향해 와인드업을 했다.

'전력을 싣는다.'

모든 힘을 손끝에 집중시켰다. 비틀렸던 상체가 회전을 시작했다. 바닥에 숨어 있던 힘까지 끌어모아 회전에 더했다.

휘리릭-!

하체부터 시작된 회전이 골반을 지나 허리 상체로 이어졌다.

뒤이어 어깨에서부터 팔꿈치, 그리고 손목으로 이어진 회전은 극에 달했다.

"차앗!!"

마지막 순간 손목을 휘두르면서 손끝으로 공을 챘다.

손가락을 떠난 공이 맹렬한 회전을 일으키며 날아갔다.

쐐애애애액-!

'반드시 때린다!'

타자 역시 목숨을 걸었다. 포스트시즌에서 퍼펙트게임을 당하는 건 굴욕이다.

어떻게든 막아야 될 일이었다. 특히 마지막 타자로 역사에 남게 되는 일은 사양이었다.

평소보다 더 높은 집중력을 유지할 수밖에 없는 이유였다.

'패스트볼!'

집중력이 높아지자 신기하게도 공이 멈춰 있는 것처럼 보였다.

1년에 백 몇 십 경기를 함에도 불구하고 이런 일은 거의 없다.

가장 중요한 순간에 벌어진 이 현상에 환호를 내지르고 싶었다.

'패스트볼이다!'

멈춰 있는 것 같아 보이는 공이 조금씩 회전을 했다.

그 회전을 확인한 타자는 구종을 판단할 수 있었다.

'지금!'

타자는 타이밍에 맞게 스윙을 시작했다.

오른 다리를 고정시키고 재빠르게 골반을 회전시켰다.

스윙은 크지 않았다.

맞힌다는 이미지를 가지고 있었다.

어떻게든 퍼펙트게임을 깨겠다는 목적이 있었기 때문이다.

'어?'

스윙이 절반쯤 진행됐을 때.

타자는 이상함을 깨달았다. 분명 배트는 궤도에 오르지 않았는데 공이 어느덧 코앞까지 다가왔기 때문이다.

'뭐…… 뭐야?!'

이런 현상은 처음이었다. 앞서 이미 타이밍을 확인한 공이다.

그런데 자신의 예상을 훨씬 상회하는 속도로 공이 다가온 것이다.

높은 집중력으로 공은 느리게 보이지만 신체 능력이 그것을 따라가지 못했다.

타자의 입장에선 미칠 노릇이었다. 분명 때릴 수 있는 공인데 그럴 수 없다는 게 말이다.

'제길……!!'

절망에 빠짐과 동시에 시간이 원래대로 돌아왔다. 공은 순식간에 홈 플레이트 위를 지났고 직후 배트가 허망하게 그 잔상을 스치고 지나갔다.

뻐엉-!

"스트라이크! 배터 아웃!"

[삼진입니다! 최후에는 자신이 가장 자신 있는 공으로 삼진을 잡아내는 강영웅 선수입니다!]

[지금 여러분은 역사의 한 장면을 보고 있습니다. 메이저리그의 기나긴 역사에서도 포스트시즌 퍼펙트게임은 단 한 차례밖에 나오지 않은 대기록입니다.]

[이제 메이저리그 4년 차 선수가 정말 대단한 기록을 달성하고 있습니다.]

[강영웅 선수에게 연차는 중요하지 않습니다. 지금까지 쌓아올린 모든 것이 전설로 남을 겁니다.]

카메라는 영웅을 포커스 하느라 정신이 없었다.

동료들의 격렬한 축하를 받는 영웅의 표정에도 웃음이 떠나지 않았다.

[이럴 때는 아직 20대 초반의 청년으로 보이는 강영웅 선수입니다.]

이제 고작 20대 초반.

메이저리그에 역사를 써내려가고 있는 선수라고 하기에는 너무 어린 나이였다.

그렇기에 미래가 더욱 기대가 됐다.

과연 저 선수가 어떤 기록을 역사에 남길지 말이다.

각 언론들은 영웅의 퍼펙트게임을 1면에 실었다. 인터넷의 실시간 검색어에는 영웅의 이름이 1위에 올랐다. 뒤이어 퍼펙트게임과 메이저리그 퍼펙트게임, 포스트시즌 퍼펙트게임 등.

영웅과 관련된 연관 검색어가 줄을 이었다. 그 결과 1위부터 10위까지 영웅과 관련된 검색어로 가득 채워지는 진풍경이 펼쳐졌다.

몇몇 언론에서는 한일전에서 이겼다는 기사를 냈지만 크게 이슈가 되지 않았다.

이미 영웅은 그런 수준을 넘어선 선수가 되었기 때문이다. 동시대에 다시 만나기 어려운 선수의 등장에 사람들은 환호했다.

인디언스는 2차전도 승리를 가져갔다.

2차전 역시 박빙의 경기였다.

두 팀의 선발들은 6회까지 무실점 피칭을 이어가며 전날의 투수전을 다시 한번 재현했다.

승부를 가른 건 불펜이었다.

[1차전에서 양키스는 불펜의 소모가 있었습니다. 필승조라 할 수 있는 투수들이 나왔지만 경기를 승리로 가져가지 못했죠. 반면에 인디언스는 강영웅 선수가 9회까지 책임을

지면서 불펜을 아낄 수 있었습니다.]

[즉, 1차전의 여파가 2차전까지 이어졌다. 그렇게 보시는군요?]

[정확합니다.]

대부분의 전문가가 같은 의견을 냈다.

단기전에서 한 경기, 한 경기가 중요한 이유기도 했다. 영웅은 1차전에서 완벽투를 한 것만이 아니라 이후 경기들에서도 중요한 역할을 했다고 할 수 있었다.

한편 영웅은 1차전이 끝난 후 줄곧 휴식에 들어갔다.

더그아웃에 들어오는 것 역시 금지당했다.

일종의 배려였다. 퍼펙트게임을 달성하면서 영웅이 던진 투구 수는 110개였다.

100구 이상의 공을 던지는 일은 페넌트레이스에서도 비일비재했다.

하지만 이번에는 달랐다. 영웅은 거의 대부분의 공을 전력투구했다.

시즌이 끝나고 열리는 포스트시즌이기에 평소보다 체력이 떨어진 건 당연한 일이었다.

그런 상황에서 모두 전력투구를 함으로 인해 몸에 이상이 생겼다.

"허리에 염증이 생겼습니다. 휴식을 충분히 취하지 않으면 더 큰 부상으로 이어질 수 있습니다."

담당의의 소견이었다.

문제는 쉴 시간이 충분하지 않다는 것이었다. 당장 5차전 등판이 예정되어 있는 영웅이다. 한 달 혹은 두 달가량 요양을 할 수 있는 시간적 여유가 없었다.

사실 야구 선수에게 부상은 그리 먼 이야기가 아니다. 큰 부상이야 언론에서도 집중적으로 다루니 일반인들도 쉽게 알 수 있다.

하지만 자잘한 부상들은 그러지 않는다. 대부분의 선수는 그런 부상들은 숨기거나 치료를 하면서 시즌을 치른다.

포스트시즌이라면 말할 필요도 없었다.

경기에 나설 수 없는 상황이 아니라면 경기에서 빠지지 않았다.

영웅도 그런 입장이었다.

"제 역할을 충분히 하고 싶습니다."

레온 감독과의 면담에서 한 말이었다.

목소리에서 강한 의지가 느껴졌다.

"후…… 알겠네. 하지만 앞으로는 투구 수에 제한을 두겠어. 90구 그 이상은 안 되네."

"하지만……."

"당장은 부상이 작을 수도 있지만 무리를 하면 더 커질 가능성도 있어."

"……알겠습니다."

"그리고 등판 경기를 제외하고는 모두 휴식을 취하게. 더그아웃에 들어오는 것도 안 돼."

"예."

영웅은 호텔에서 마사지를 받으며 염증 치료에 전념했다.

[클리블랜드 인디언스와 뉴욕 양키스의 ALCS 4차전이 열리는 프로그레시브 필드에서 보내드립니다. 7회까지 양 팀 3 대 3 동점을 이루고 있는 상황에서 타석에 박형수 선수가 들어섭니다.]

[디비전 시리즈에서 좋은 모습을 보여주었던 박형수 선수지만 챔피언십 시리즈에서는 부진한 모습을 보여주고 있습니다.]

[아무래도 체력적인 부담이 있겠죠?]

[그렇습니다. 풀타임 정규 시즌을 치르고 디비전 시리즈 거기에 챔피언십 시리즈까지, 아무리 박형수 선수가 노련한 베테랑이라지만 체력의 한계에 다다랐을 겁니다.]

확실히 박형수는 지쳤다.

스윙 스피드가 떨어진 것이 확실한 증거였다.

앞선 경기에서 선구안이 떨어진 것 역시 확실히 보여주었다.

하지만 오늘 경기는 달랐다.

[오늘 경기 앞선 두 타석에서 끈질긴 승부가 인상적이었던 박형수 선수입니다.]

[확실히 인상적이었습니다. 투수를 끈질기게 물고 늘어지

면서 선발 투수를 일찌감치 내리는데 한몫을 했습니다.]

오늘 양키스의 선발 투수는 5회를 채우지 못하고 교체를 했다.

박형수의 역할이 컸다. 두 타석에서 선발 투수에게 던지게 한 공은 무려 12구였다. 오늘 던진 투구 수가 103구였으니 1/10을 던지게 한 셈이었다.

다른 타자들 역시 마찬가지였다. 오늘 경기에서는 무척이나 끈질긴 모습을 보여주었다.

불리한 볼카운트가 되더라도 허무하게 삼진을 당하진 않았다. 어떻게든 커트를 해서 투구 수를 늘려갔다. 앞선 3차전까지는 볼 수 없는 모습이었다.

선수들이 이런 모습으로 바뀐 건 영웅의 영향이 컸다.

'그 자식, 아픈 몸으로도 그렇게 공을 던졌다니.'

레온 감독은 영웅의 부상 소식을 숨겼다. 코치 중 일부만 알고 있을 정도였다.

하지만 영원한 비밀은 없었다. 더그아웃에 나오지 않는 그의 모습에 이상함을 느낀 기자들이 먼저 냄새를 맡았다.

기자들은 집요했다.

인디언스 구단이 머물고 있는 호텔을 밀착 감시한 결과 영웅이 병원을 드나든다는 걸 알게 되었다.

이후 그의 부상에 관련한 기사가 쏟아졌다. 각종 루머가 생성되자 구단 차원에서도 나서지 않을 수 없었다.

공식 발표를 통해 미세한 허리 통증이 있다는 걸 알렸다.

레온 감독은 4차전을 앞두고 열린 선수단 미팅에서 영웅의 부상 소식을 알렸다.

그 자리에서 그는 이렇게 말했다.

"영웅은 5차전에서 자신이 반드시 던지겠다는 의사를 피력했다. 그 말을 하는 눈빛, 목소리에서는 강렬한 의지를 느낄 수 있었다. 월드시리즈에 가고 싶다, 정확히 말하면 우승을 하고 싶다라는 의지를 말이다."

레온의 말에 선수들의 표정이 달라졌다. 자신들이 만약 부상을 입었다면 저런 행동을 할 수 있었을까?

영웅은 이미 톱클래스 선수다. 1년에만 수백만 달러를 받는 선수가 됐다. 지금 받는 돈은 조족지혈이다. 앞으로 FA가 된다면 수천만 달러를 받을 수 있게 된다.

그런 행복한 미래보다 영웅은 당장 눈앞의 우승을 선택한 것이다.

팀을 위해서 말이다.

"난 영웅을 이번 시리즈에서 등판시키고 싶지 않다."

레온은 영웅과 약속을 했다.

하지만 상황에 따라서는 그 약속을 지킬 이유가 없다.

예를 들어 팀이 압도적으로 앞선 상황이라면 영웅이 아니더라도 등판할 투수는 있었다.

시리즈 전적 2승 1패인 상황.

4차전에서 이긴다면 3승으로 다소 여유가 있게 된다. 굳이 영웅을 등판시킬 이유가 사라지는 것이다.

또한 본인을 설득시키기에도 쉬워진다.

부상을 조금 더 오래 치료할 수 있게 된다는 장점도 있었다.

레온 감독의 뜻을 선수들은 바로 이해할 수 있었다. 강한 대답은 없었지만 선수들의 마음을 다잡았다.

바뀐 모습은 바로 드러났다.

[오늘 경기 내내 인디언스 타자들은 끈질긴 모습을 보여주었습니다. 마치 벼랑 끝에 몰린 선수들 같지 않았습니까?]

[맞습니다. 투지가 느껴지고 있습니다. 투수를 끝까지 물고 늘어지는 끈질김 역시 인상적이고요.]

상대 팀의 입장에선 악몽 같았다.

분명 박빙의 대결을 펼치고 있는데도 지고 있는 것 같았다. 기세에서 밀렸다는 게 정확한 표현일 것이다.

딱—!

"파울!"

[7구 역시 파울이 됩니다! 3구 연속 파울 타구를 만들어내는 박형수 선수!]

마운드 위의 투수가 거칠게 흙을 발로 찼다.

짜증이 날 만도 했다. 삼진을 잡기 위해 던진 전력투구다. 그 공을 연달아 세 번이나 파울로 만들었다.

'어디 이번 공도 참을 수 있나 보자.'

유인구를 던질 생각이었다.

이번 타석에서 던졌던 유인구는 2구 단 한 번이었다.

그 공에 헛스윙이 나왔다.

구종은 스플리터.

기록상으로 보더라도 가장 약한 구종이었다.

"후우……!"

깊게 한숨을 뱉어 긴장감을 털어냈다. 와인드업을 한 투수의 손에서 공이 떠났다.

모든 힘을 담았다. 문제는 너무 힘이 들어갔다는 것이다. 공을 던질 때는 전력을 다하지만 어깨는 가볍게 해서 던진다.

어깨에 힘이 잔뜩 들어가면 공은 제대로 컨트롤 되지 않는다.

이번 공도 마찬가지였다.

공은 분명 빨랐지만 회전이 제대로 걸리지 않았다.

스플리터는 빠르면서도 수직으로 떨어지는 움직임을 보여야 한다.

하지만 이번 공은 빠르면서 떨어지지 않았다.

패스트볼과는 달리 회전이 부족한 공이기에 밋밋하게 들어왔다.

박형수는 그 공을 놓치지 않았다.

'후배가 그런 각오라면 선배가 도와야 되는 게 의무다!'

오른 다리를 고정시키고 있는 힘껏 하체를 돌렸다.

작은 태풍처럼 회오리치듯 스윙이 이어졌다.

부앙-!

따악-!

[맞았습니다!!]

타구가 높게 떠올랐다. 카메라가 급하게 타구를 쫓았지만 공은 이미 담장 밖으로 사라지고 있었다.

[이건 갔습니다!]

[맞는 순간 넘어갔다는 걸 직감할 수 있을 정도로 큰 타구

가 나왔습니다! 하체가 단단히 고정이 된 상황에서 완벽한 회전이 나왔습니다. 박형수 선수의 베스트 스윙이라고 할 수 있어요!]

천천히 그라운드를 도는 박형수는 멀리 떨어져 있는 카메라를 응시했다.

'보고 있냐?'

우리는 건재하다. 그러니 너는 쉬어라.

박형수는 자신의 뜻이 전해졌을 것이라 믿으며 주먹을 쥔 손을 하늘 높이 치켜들었다.

[이것이 오늘 경기의 쐐기점이 될 것인가?! 박형수의 홈런으로 드디어 앞서 나가는 인디언스입니다!]

예상대로 박형수의 홈런은 결승 홈런이 됐다.

인디언스는 5 대 3이란 스코어로 양키스를 누르고 3승 고지에 올라섰다.

단 1승이면 월드시리즈 진출이다.

양키스도 배수의 진을 쳤다.

경기 후, 감독이 직접 이대로 끝낼 수 없다는 인터뷰를 했다.

무언의 압박이었다.

레온 감독 역시 바쁘긴 매한가지였다. 그는 인터뷰도 수석 코치에게 맡기고 곧장 병원으로 향했다.

인디언스 구단과 계약을 맺은 병원은 재활 시설이 잘 되어 있었다.

병원에 도착한 레온은 재활에 전념하고 있는 영웅을 볼 수 있었다.

"이거 시합이 끝난 지 1시간도 안 지났는데. 바로 온 건가?"

뒤에서 익숙한 목소리가 들렸다.

고개를 돌리니 중년의 의사가 서 있었다.

"닥터 가브리엘."

"4차전 승리 축하하네. 클리블랜드가 아주 축제 분위기야. 특히 박의 홈런이 나왔을 때 병원 전체가 들썩였지."

"감사합니다. 그런데 영웅은 어떻습니까?"

"우리의 히어로는 조금 더 치료가 필요한 상황이야. 허리의 염증은 거의 잡아가는 상황이지만 무리하게 공을 던졌다가는 다른 부위에 부상이 올 수 있거든."

사실 염증 치료는 그리 어려운 것이 아니다. 특효약도 나와 있는 상황이었고 무리만 하지 않으면 저절로 치유되기도 했다.

문제는 염증이 있는 상황에서 다시 한번 마운드에 서는 것이다.

한 가지 동작을 할 때 인간의 몸은 여러 부위를 이용해 힘을 만들어낸다.

만약 한 부위가 불편한 상황이 되면 그 부위에 주는 힘을 감소시키고 다른 곳에서 더 많은 힘을 가져온다.

그 결과 과부하가 일어나게 되고 다른 부상으로 이어지는 상황이 나오는 것이다.

"저도 무리를 시키고 싶진 않습니다."

"으흠, 본인의 의지가 강한가 보군."

"예."

"간혹 책임감이 무척이나 강한 선수들이 있지."

프로 선수라는 말은 거창해 보이지만 어떻게 보면 별게 아니다.

그저 하나의 직업일 뿐이다.

실제로 그렇게 생각하는 선수도 많았다.

반대의 경우도 있었다.

책임감이 너무 강해 자신의 몸보다 팀과 팬을 우선으로 생각하는 이들이다.

영웅은 후자 타입이었다.

다국적 플레이어가 많은 메이저리그라지만 미국인이 아닌 타국 선수들에게선 쉽게 볼 수 없는 모습이었다.

"왜 팬들이 환호를 하는지 정확히 알 수 있었어."

"후우……. 그래서 머리가 아픕니다."

"후후, 감독이란 게 원래 머리 아픈 자리지."

오랜 시간 이 병원에 있었다. 많은 선수만큼이나 감독과 코치를 봐온 닥터 가브리엘이다. 그의 고심을 이해하는 것도 당연했다.

"그래도 직접 여기에 온 걸 보면 마음을 먹었나 보군."

"예."

"고생하게나."

어깨를 두드리는 가브리엘에게 가볍게 고개를 숙인 레온이 재활실의 문을 열었다.

"감독님?"

자신을 바라보는 영웅의 모습을 보며 레온은 다시 한번 마음을 다잡았다.

영웅을 설득하는 역할은 자신이 해야 될 임무다.

일단 분위기를 부드럽게 만들었다. 팀이 이겼다는 소식을 전하고 이후에는 경기 내용으로 대화를 이어갔다.

분위기가 무르익자 레온이 본론을 꺼냈다.

"이제 스코어는 3 대 1이 됐네. 그래서 그런데, 자네를 5차전에서는 등판시키지 않을까 생각 중이야."

경기 전부터 각오를 했다. 플레이오프가 중요하긴 하지만 선수를 혹사시키면서까지 이겨야 되는 경기는 아니다.

그게 레온 감독의 신념이었다.

'어떤 말을 하더라도 난 널 등판시키지 않을 거다.'

마음을 굳힌 레온이지만 영웅의 입에서 어떤 말이 나올지 걱정이 됐다.

평소 영웅의 성격은 여러 동양인과 같았다.

예의바르고 연장자를 존중했다.

하지만 고집은 분명 있었다.

특히 한 번 마음먹은 일이라면 어떤 반대가 있더라도 자신의 뜻을 관철시킨다.

그것을 알기에 긴장이 됐다.

한데 의외의 대답이 나왔다.

"알겠습니다."

"어?"

예상치 못한 대답이었기에 자신도 모르게 되물었다.

"3승 1패인 상황에서 굳이 제가 나설 필요는 없다는 걸 알고 있습니다. 제가 아니더라도 이길 수 있는 훌륭한 동료도 많이 있고요."

설득시킬 때 자신이 하려고 했던 말을 영웅이 하니 황당한 레온이었다.

"흠흠, 그렇게 생각해 주니 고맙네."

"아닙니다. 감독님이야말로 신경 써주셔서 감사합니다."

예상외로 일이 쉽게 풀렸다.

덕분에 한결 마음이 편안해졌다.

일이 이렇게 쉽게 풀린 건 영웅의 목적 때문이었다.

'월드시리즈에서 우승하겠어.'

그 목적을 위해서 가장 좋은 건 몸의 회복이었다. 그렇게 판단을 내렸기에 무리해서 챔피언십 시리즈를 끝내기 위해 경기에 나서지 않은 것이다.

또한 동료들을 믿는다는 말 역시 사실이었다.

그렇기에 마음 편하게 치료에 전념할 수 있었다.

챔피언십 시리즈, 그다음을 바라보면서 말이다.

7장
월드시리즈를 위한 안배

영웅의 부상 소식이 확실히 알려졌다.

더 이상 숨길 이유가 없었다.

루머를 더 키워 나갈 바에는 확실하게 집고 나가는 게 오히려 나은 방법이었다.

그의 부상 소식에 많은 이가 안타까워했다.

하지만 큰 부상은 아니라는 이야기에 안도를 했다.

사람들의 시선은 다시 챔피언십 시리즈로 향했다.

5차전.

승부가 끝날 수도 있는 경기였다.

인디언스의 입장에선 여기서 경기를 끝내고 싶었다.

첫 째로 홈에서 열린다는 이점 때문이었다.

원정에서도 응원은 받을 수 있지만 그 숫자는 매우 적다.

홈에서는 일방적인 응원으로 선수들의 사기가 오른다.

둘째는 영웅 때문이었다.

만약 원정을 떠나게 된다면 일정상 영웅도 비행기에 몸을 실어야 된다. 짧은 비행이지만 높은 고도를 날아가는 건 염증 치료에 도움이 되지 않는다.

또한 병원을 옮겨야 되는 것 역시 단점이다.

현재 영웅을 치료하고 있는 곳은 인디언스와 계약을 맺은 곳이다.

즉, 야구 선수에 대한 데이터가 충분히 쌓여 있다는 소리다.

게다가 영웅이 부상을 입은 후 꾸준히 치료를 받아왔다.

병원을 옮기면 데이터도 옮겨가지만 그렇다고 백 퍼센트 똑같은 치료를 받는 건 어려울 수 있다.

5차전에서 경기를 끝내고 싶은 이유였다.

다행스러운 건 선수들의 기세가 심상치 않다는 점이었다.

경기에서 이긴 것도 한 가지 요인이지만 또 다른 이유도 있었다.

바로 영웅 덕분이었다.

팀을 위해 희생을 하는 모습에 많은 선수가 감명을 받았다.

그러면서 경기에 임하는 자세가 달라졌다.

매우 좋은 현상이었다.

'이 기세를 이어가 5차전에서 경기를 끝낸다.'

레온 감독은 5차전을 마지노선으로 결정했다.

문제는 양키스 역시 배수의 진을 친 상황이란 점이었다.

그 증거로 5차전의 선발로 오오타니가 결정됐다.

오오타니의 등판은 사실 예견되어 있었다.

지면 바로 탈락인 상황에서 마지막 카드를 아낄 이유가 없었다.

일각에서는 오오타니의 상대로 다시 한번 영웅이 나올 수도 있을 거다라는 예측을 내놓았다.

하지만 그 예측은 보기 좋게 빗나갔다.

레온은 팀의 고참인 해밀턴을 선발로 내세웠다.

올 시즌 초반 선발로서 잠깐 활약했던 해밀턴이지만 체력적인 문제와 고질적인 부상으로 시즌 후반에는 전혀 뛰지 못했다.

'무리일 수도 있다. 하지만 5이닝만 막아준다면 그 뒤에는 불펜을 총 동원해서 막을 수 있다.'

애초 해밀턴이 긴 이닝을 막을 거란 기대는 하지 않았다.

베테랑이 된 시점에서 체력적인 문제가 생겼다.

최근 몇 년간 스윙맨으로 활약한 이유기도 했다.

그저 고참이기에 해밀턴을 등판시킨 건 아니다.

'우리 팀에서 포스트시즌 등판 경력이 가장 많은 선수다. 또한 과거의 사례를 보더라도 포스트시즌에서의 성적은 매우 좋아.'

유독 그런 선수들이 있었다.

시즌 중에는 죽을 쓰다가 포스트시즌에서 활약하는 선수들 말이다.

해밀턴이 그런 타입에 가까웠다.

실제 포스트시즌 통틀어 MVP를 2번이나 수상했을 정도였다.

'세월은 흘렀지만 그때의 기억을 살려준다면…….'

레온은 일말의 기대를 품었다. 그리고 해밀턴은 그 기대를 충족시키기 충분했다.

뻐억-!

"스트라이크! 배터 아웃!"

[5회 두 번째 아웃 카운트를 삼진으로 처리합니다!]

[해밀턴 선수의 저 커브는 정말 일품입니다.]

[5회까지 3안타를 맞긴 했지만 실점 없이 잘 버티고 있습니다.]

[커브의 위력이 큽니다. 지금까지 봤을 때 세 종류로 나눠서 던지고 있는 거 같은데요. 타자의 입장에선 매번 다른 각도로 공이 들어오니 난감할 겁니다.]

해밀턴의 호투에 인디언스 팬들은 환호를 질렀다. 선수는 바뀌지만 팬들은 그 자리에 남는다. 특히 메이저리그의 경우 한 팀의 팬이 되면 웬만해서는 팀을 바꾸는 일은 없다.

그렇기에 해밀턴의 활약이 남다를 수밖에 없었다.

딱-!

[타구 높게 떴습니다!]

중견수가 앞으로 달려 나와 자리를 잡았다.

퍽-!

안전하게 포구를 한 중견수의 모습에 해밀턴이 박수를 보냈다.

[세 번째 아웃 카운트가 올라갔습니다! 5이닝을 무실점으로 막아낸 해밀턴 선수에게 관중들의 뜨거운 박수가 쏟아집니다!]

해밀턴은 기대를 충족시켰다.

'오늘 경기 반드시 이긴다.'

해밀턴의 호투는 동료들에게 무언의 메시지를 전했다.

이기겠다는 메시지를 말이다.

[중반을 지나선 챔피언십 시리즈 5차전! 과연 어떤 전개가 이어질지 기대됩니다!]

6회 초.

레온은 파격적인 기용을 했다.

[이거 예상치 못한 투수가 마운드에 올라옵니다. 2차전 선발이었던 레일리 선수입니다.]

[2차전에서 107개의 공을 던지면서 팀의 승리를 이끌어 냈습니다. 사실 오늘 경기 선발로 많은 이가 예상했던 선수인데 말이죠. 경기 중간에 나설 줄은 몰랐습니다.]

[어떤 의미로 받아들여야 될까요?]

[이번 5차전에서 시리즈를 끝내겠다는 의지로 보입니다.]

정답이었다.

레온은 절대 6차전까지 갈 생각이 없었다. 그리고 선수들 역시 마찬가지였다.

자신들의 동료를 위해서 말이다.

'부상당한 녀석을 마운드에 올릴 수 없다.'

마운드에 있는 레일리 역시 마찬가지였다.

아니, 그라운드에 있는 모든 선수가 한마음을 가지고 있었다.

팀을 위해 부상을 숨긴 채 등판하려 했던 에이스를 위해. 동료들은 한마음으로 경기에 임했다.

그 시너지는 대단했다.

뻐억-!

"스트라이크! 배터 아웃!"

[첫 번째 아웃 카운트를 삼진으로 잡아냅니다!]

[오늘 레일리 선수의 컨디션이 좋아 보입니다. 미트에 꽂힐 때 나는 소리도 무척이나 묵직하네요.]

[공의 회전수도 평균보다 높게 나오고 있습니다.]

[선발과 중간 투수의 차이라고 할 수 있겠죠.]

체력 안배가 필요 없다.

레일리는 마치 한 이닝을 막아내는 클로저처럼 일 구, 일 구에 전력을 다했다. 구속이 더 나오고 RPM이 늘어난 건 당연한 일이었다.

'뒤는 동료들에게 맡긴다.'

레일리는 자신이 선발이라는 생각을 버렸다. 해야 될 일은 이번 이닝을 완벽하게 막아내는 것이다.

"흐읍!"

선발 투수 레일리로는 볼 수 없던 기합 소리까지 그라운드에 울려 퍼졌다. 전력을 다한 그의 공이 미트에 그대로 꽂혔다.

퍼엉-!

"스트라이크! 원!"

[두 번째 상대로도 빠른 공으로 카운트를 잡습니다!]

레일리의 기세는 무서웠다.

하지만 양키스 역시 이대로 물러설 리 없었다. 진정으로 벼랑 끝에 선 것은 그들이었기 때문이다.

딱—!

[2구 받아쳤습니다!]

제대로 들어간 슬라이더를 그대로 때렸다. 아쉽게도 타이밍이 조금 빨랐는지 관중석으로 공이 떨어졌다.

"파울!"

[파울이 됐지만 이번에는 위험했습니다. 슬라이더가 제대로 들어갔다고 판단했는데 아무래도 상대에게 수가 읽힌 듯합니다.]

[조금 더 신중하게 싸워야 될 필요가 있습니다.]

상대 역시 벼랑 끝에 몰렸다. 집중력이 높은 건 피차일반이었다.

"후우……."

안타 하나라도 내준다면 위험하다.

스코어는 2 대 0. 언제라도 뒤집힐 수 있는 스코어였다. 이런 적은 점수 차의 경우 오히려 앞서고 있는 쪽이 쫓기는 입장이다.

베테랑인 레일리는 그 사실을 잘 알고 있었다.

'반드시 막는다.'

승부는 박빙으로 이어졌다. 삼진을 잡아내려는 레일리, 안타를 만들어내려는 타자의 대결이 계속됐다.

딱—!

"파울!"

[다시 한번 파울이 됩니다!]

[투수와 타자 모두 집중력을 잃지 않고 끈질긴 승부를 이어가고 있습니다.]

9개의 공을 던졌지만 승부는 결정되지 않았다.

어떻게 해야 할 것인가? 레일리의 호흡이 거칠어졌다.

'내가 던질 수 있는 공은 모두 던졌다.'

한 투수가 던질 수 있는 공이 얼마나 될까? 많아야 5종류밖에 되지 않는다.

그중에 주 무기라 할 수 있는 패스트볼과 슬라이더, 그리고 커브를 요소요소에 꽂아 넣었다.

그때마다 커트를 해내고 파울을 만들어냈다. 위험한 코스로 날린 타구도 있었다.

'다시 한번 유인구로……'

문제는 볼카운트가 투 스트라이크 투 볼이란 점이었다. 만약 유인구를 던져 상대가 골라낸다면 단숨에 투수가 불리해지는 상황이 된다.

고민을 하고 있는 레일리를 향해 박형수가 사인을 보냈다.

'네 공은 맞지 않아. 자신감을 가지고 던져.'

통상적인 사인이었다.

지금 상황에서는 최선의 선택일 것이다.

'하긴 저것밖에 선택은 없겠지.'

프로 투수들의 신체 능력은 비등하다.

특히 일류의 반열에 오른 이들은 거의 차이가 없다고 할 수 있다. 그럼에도 차이가 벌어지는 건 여러 요인이 있다.

그중에 하나가 바로 자신감이다.

자신의 공을 믿을 수 있느냐 그러지 못하느냐가 특급의 경지에 오르게 해준다.

박형수는 그 사실을 알고 있는 포수다.

뛰어나다고 할 수 있었다.

자신의 포지션이 아닌 마운드 위의 투수에게 필요한 게 무엇인지 알고 사인을 내니까 말이다.

하지만 레일리가 원하는 건 그런 게 아니었다.

자신감은 충분하다.

그렇지만 불안감을 느끼고 있었다.

즉, 자신감이 아닌 그 이상의 것을 느끼게 해주어야 불안감이 사라진다는 의미였다.

통상적인 박형수의 대응에 레일리의 마음속에는 여전히 불안감이 남았다.

그때 박형수가 다시 한번 사인을 냈다.

'너의 공을 믿지 못하겠다면…….'

그의 손가락이 레일리에게 향했다.

정확히는 그의 어깨 너머를 가리키고 있었다.

'동료를 믿어라.'

"큭!"

웃음이 흘러나왔다. 설마 이 순간에 하이스쿨에서나 들을 법한 이야기를 들을 줄이야.

'그게 네 야구 스타일이냐?'

확실히 동료를 믿는 건 무척이나 중요한 일이다. 야구를 제대로 배우는 하이스쿨에서부터 팀플레이를 강조받는다.

하지만 프로가 되고 베테랑의 타이틀을 얻었을 때.

팀플레이는 머릿속에서 사라진다.

믿는 건 오로지 자신의 실력이다.

그것이 프로라는 냉혹한 현실을 견디게 해주는 원동력이 된다.

레일리 역시 다르지 않았다.

그러나 지금 이 순간 알게 되었다. 영웅이 한가운데로 공을 꽂아 넣는 대범함을 보여주는 이유를 말이다.

거기에는 동료에 대한 믿음이 있기 때문에 가능한 일이었다.

'그리고 너희들은 그런 믿음에 보답을 했겠지.'

몸을 돌리자 넓은 그라운드에 서 있는 동료들이 보였다.

눈이 마주치자 한 명, 한 명이 자신을 믿으라는 듯 수신호를 보내고 있었다.

그 모습을 보자 흔들리던 마음이 굳혀졌다.

"좋아! 부탁한다!"

레일리는 마운드에서 감정표현을 잘 드러내지 않았다.

포커페이스가 가장 중요하다 생각했기 때문이다. 당연히 동료들을 독려하거나 부탁을 하는 등의 행위도 하지 않기로 유명했다.

그런 레일리가 부탁을 해왔다.

"오케이! 맡겨둬!"

"이쪽으로 날려!"

동료들도 그의 뜻을 알기에 동조를 해왔다. 넓다고 느껴진 그라운드가 이제는 다르게 느껴졌다. 어디로 공이 날아가도 동료들이 잡아줄 것이다.

레일리의 마음속에 그런 믿음이 솟아났다.

'간다.'

[마운드 위의 레일리 선수, 동료들을 독려하듯 큰 소리로 뭐라고 외칩니다. 이런 순간에 투수가 할 수 있는 말은 뭐가 있을까요?]

[여러 가지가 있습니다. 볼카운트를 말해주거나 아니면 집중을 하자는 등, 여러 말을 할 수 있죠.]

해설자는 나름대로 자신의 경험을 토대로 이야기했다.

하지만 중계를 보는 영웅은 그게 아니라는 걸 알 수 있었다.

"동료를 믿기 시작한 건가?"

마운드는 고독하다. 동료를 믿지만 마음 깊숙한 곳에서는 그러지 못한다.

가장 믿는 건 바로 자신이다. 영웅은 어린 시절부터 레전드 플레이어들에게 야구를 배워왔다.

그들이 하던 말이 떠올랐다.

"투수는 고독하다는 말이 있다. 그라운드의 가장 높은 곳에 서서 홀로 공을 던지기 때문이지. 하지만 그건 고독의 진짜 이유가 아니야. 투수가 고독해지는 진짜 이유는 바로 스스로 자신을 고립시키기 때문이지."

잭은 당부를 잊지 않았다.

"넌 스스로를 고립시켜선 안 된다. 동료를 믿어라. 그것이 스스로 고립되지 않는 방법이다. 그리고 최고의 투수가 될 수 있는 방법이기도 하다."

영웅은 그 말을 충실히 따랐다.

잭의 조언은 교과서이자 야구관이었다. 어릴 때부터 배워 왔던 그것은 영웅을 지탱하는 힘이 된 것이다.

그렇기에 레일리의 변화를 한눈에 알 수 있었다. 자신에 의해 변화를 맞이한 레일리의 모습은 이색적이었다.

한편으로는 신기했다.

베테랑이 변화를 택한 모습이 말이다.

[딱-!]

[아-! 잘 맞았습니다! 라인드라이브의 타구가 좌익선상으로 날아갑니다!]

[이건 큽니다!]

중계가 시끄러워졌다.

상념이 깨진 영웅이 화면을 주시했다.

'넘어가진 않는다.'

타구는 빨랐지만 너무 낮게 날아가고 있었다.

'담장에만 맞지 않는다면…….'

중계는 너무 답답했다.

수비의 위치를 파악할 수 없었다.

그때 화면이 바뀌었다.

'파커!'

좌익수인 파커가 맹렬하게 달리고 있었다.

발이 빠른 외야수답게 타구를 빠르게 따라잡고 있었다.

하지만 타구가 날아가는 각도가 너무 낮았기에 낙하하는 속도도 빨랐다.

'이대로는……!'

잡을 수 없다는 생각이 머리에 떠오르는 순간.

[파커 선수 몸을 날립니다!]

다이빙 캐치.

메이저리그에서 간간히 볼 수 있는 호수비다.

그러나 이번에는 다른 다이빙 캐치와는 조금 달랐다. 대부분은 앞으로 달려 나오면서 타구를 확인한 채 몸을 날려 공을 잡아낸다.

난이도는 분명 있지만 뛰어난 운동신경을 지니고 있다면 어떻게든 해낼 수 있다.

문제는 타구를 등지고 달려 나가면서 다이빙을 하는 것이다.

타구의 방향은 확인이 가능하지만 낙구 타이밍을 마지막까지 확인할 수 없다.

그렇기 때문에 타이밍이 어긋날 가능성이 높았다.

이를 보완하기 위해서는 동물적인 감각과 타구의 방향을 보고 예측할 수 있는 능력이 필요했다.

만약 공을 잡지 못하면 2루타가 될 공이 순식간에 3루타가 될 수도 있다.

하지만 파커는 그런 위험성을 물리치고 몸을 날렸다.

'반드시 잡는다!'

그런 각오가 중계를 통해 전해졌다.

손을 뻗은 파커의 글러브에 공이 들어가는 게 보였다.

직후 그라운드에 떨어진 파커는 반사적으로 손을 높게 치켜들었다.

야구공이 글러브의 웹에 아슬아슬하게 잡혀 있는 모습을 카메라가 줌인으로 잡아냈다.

[잡았습니다! 엄청난 다이빙 캐치로 2루타를 지워 버리는 파커 선수입니다!]

[대단합니다! 방금 전 수비는 정말 엄청난 수비였습니다!]

중계진의 탄성과 감탄이 연이어 터져 나왔다.

그 장면을 바라보는 영웅은 가슴이 뛰기 시작했다.

몸을 아끼지 않는 동료들의 모습에 영웅의 가슴이 뜨겁게 타올랐다.

'저들과 반드시 우승을 하고 싶다.'

다시 한번 자신의 목적을 되씹은 영웅은 주먹을 불끈 쥐었다.

[클리블랜드 인디언스가 뉴욕 양키스를 4 대 1의 스코어로 누르고 아메리칸리그 챔피언십 시리즈를 승리로 장식하면서 월드시리즈 진출에 성공했습니다.]

인디언스가 월드시리즈에 진출했다.

시즌 전에는 누구도 생각하지 못했던 결과였다.

젊은 선수들을 대거 로스터에 투입시키면서 실질적인 리빌딩에 들어갔기 때문이다.

게다가 시즌 중반에는 주전들의 부상도 잇달았다.

그런 고난에도 불구하고 인디언스는 월드시리즈에 진출했다.

팬들의 환호는 그 어느 때보다 뜨거웠다.

한국에서도 이번 월드시리즈에 대한 관심이 매우 높았다.

당연히 영웅 때문이었다.

메이저리그에서 새로운 역사를 써내려가고 있는 영웅이다.

그러나 아직까지 월드시리즈 우승과 인연이 없었다. 그렇기에 팬들은 그의 월드시리즈 우승을 꼭 보고 싶었다.

한국 야구에서 메이저리그에 진출한 선수는 많다. 수십 명에 달하고 그중에는 개인 커리어에서 입지적인 성적을 올린 이들도 있었다.

하지만 월드시리즈 우승반지를 손에 낀 선수는 극히 드물었다. 특히 선발 투수로서 우승반지를 손에 넣은 선수는 없었다.

현재로서 가장 가까이 위치해 있는 건 분명 영웅이었다.

문제는 그의 부상이다. 챔피언십 시리즈에서 입은 부상으로 이후 경기에선 모습을 드러내지 않았다. 특히 챔피언십 최종전에도 모습을 드러내지 않아 많은 이의 우려를 사고 있었다.

걱정이 많은 건 팬들만이 아니었다. 인디언스의 코치진과 감독인 레온 역시 영웅의 등판 여부를 놓고 갑론을박을 이어가고 있었다.

여러 의견이 나왔지만 결론은 나지 않았다. 이번 일은 선수 본인이 결정을 내려야 될 일이었기 때문이다.

최종 결정은 영웅에게 주어졌다.

그전에 투수 코치와 감독인 레온은 영웅의 상태를 살피기 위할 준비를 했다.

병원에서 짧은 재활과 치료를 끝낸 영웅은 집과 구단을 오가며 몸 상태를 유지하고 있었다.

실전 피칭은 하지 않았다.

아니, 모든 피칭을 쉬고 있었다. 부상 부위에 부담을 덜어 주기 위한 고육지책이었다.

이제 때가 왔다.

다시 마운드에 오를 시간이 시시각각 다가오고 있었다.

상대는 내셔널리그 최강, 세인트루이스 카디널스였다. 올 시즌 카디널스는 무서운 질주를 벌였다.

일찌감치 포스트시즌 진출을 확정지었다.

포스트시즌에서도 질주는 계속됐다. 디비전 시리즈에서는 전승으로 이기고 챔피언십 시리즈에 진출했다.

하지만 챔피언십 시리즈에서 만난 다저스와는 박빙의 승부를 벌였다.

그 결과 4승 3패. 풀 매치를 치르고 나서야 월드시리즈에 진출할 수 있었다. 세간에서 카디널스와 인디언스의 승부를 두고 예측을 하기 시작했다.

대부분의 전문가는 카디널스의 손을 들었다.

카디널스의 가장 큰 장점인 안정적인 전력 덕분이었다.

시즌 초반부터 지금까지 카디널스는 이렇다 할 전력의 누수가 없었다.

거기다가 1위가 유력할 무렵, 부족했던 불펜을 영입하면서 전력을 더욱 상승시켰다.

그 결과 내셔널리그의 패자인 LA다저스를 눌렀다.

반면 인디언스는 여러 불안 요소가 있었다.

그중에 가장 큰 것이 바로 에이스 강영웅의 부상이었다.

과연 등판을 할 수 있을지 그 누구도 모르는 상황.

심지어는 당사자인 영웅 역시 자신의 몸 상태를 정확히 알지 못했다.

'부상은 괜찮아졌다.'

더 이상 통증은 없었다.

하지만 전력피칭을 하게 되면 어떻게 될지 몰랐다.

몸에 부담을 많이 주는 동작이기 때문이다.

특히 상체를 비틀어 던지기 때문에 염증이 다시 재발할 수도 있었다.

'이번에도 같은 의견을 들었다.'

이번 담당의인 가브리엘 박사는 마지막 상담에서 이런 이야기를 했다.

"지금의 폼으로 계속 공을 던지면 부상은 계속 따라올 거네."

가브리엘 박사 역시 투구 폼을 지적했다. 부상을 당한다는 건 선수에게 있어 큰 불안감을 준다.

영웅 역시 마찬가지였다. 홀로 재활을 하면서 여러 생각을 하게 했다.

그중에 하나는 투구 폼을 바꾸어야 되는가였다.

영웅의 투구 폼은 잭을 모방한 것이다.

그곳에 가지 못한 뒤부터 이것이 그와 자신을 이어주는 매개체라고 생각했다.

그런 생각을 하는 이유는 분명 있었다. 다른 레전드 플레이어들은 역사에 남아 그들의 이야기를 접할 수 있었다.

하지만 잭은 그러지 못했다. 메이저리그에 꽤 오랜 시간 있었지만 그의 이야기를 듣지 못했다.

자료를 찾아보려 해도 그런 이를 발견할 수 없었다.

마치 없던 사람처럼 말이다.

잭은 영웅에게 있어 특별한 인물이다.

단순히 야구를 가르쳐 준 스승이 아니었다.

아버지가 없던 영웅에게 그는 또 한 명의 아버지였다.

그렇기에 포기할 수 없었다.

그와의 연결 고리를 말이다.

'난 당신과 함께 우승하겠어요.'

역사에 남지 않았다면 자신이 역사에 남길 것이다.

"시작하지."

레온 감독의 말에 영웅이 고개를 끄덕였다.

인디언스의 홈구장.

프로그레시브 필드 안에 있는 실내 피칭 연습장.

그곳에 인디언스의 모든 코치진과 관계자가 모여 있었다.

그중에는 구단의 고위 관계자들도 있었다.

단장의 레벨이 아니었다.

구단주의 측근들이 와 있었다.

그만큼 영웅의 상태는 인디언스의 입장에선 매우 중요한 문제였다.

이들의 이목이 집중된 곳.

그곳에 영웅이 서 있었다.

평소와 같이 굳건한 모습이었지만 왠지 모르게 달랐다. 이전에는 불안감이 전혀 없었다. 하지만 오늘은 보는 이들의 눈빛과 마음속에 불안감이 나타나 있었다.

부상으로 인한 보는 이들의 마음이 변했기 때문이다.

'이 불안감을 잠식시켜 주는 것이 네가 해야 될 일이다.'

레온은 묵묵히 영웅을 바라봤다.

"후우……."

마운드 위에서 영웅이 한숨을 내쉬었다.

그리고 가볍게 공을 던졌다.

팡─!

팡─!

경쾌한 소리가 연달아 연습장에 울렸다.

전력은 아니었지만 묵직하다는 게 보였다.

'문제는 전력투구다.'

상체를 비틀어 던지는 투구 폼은 허리와 인근의 근육들에 무리를 준다.

그 사실을 안 이상 구단 측에서는 투구 폼의 변경을 원하고 있었다.

하지만 선수에게 그 사실을 말하진 않았다.

아주 미묘한 변화로도 밸런스가 깨지는 게 투수이니 말이다.

연습 투구를 끝낸 영웅의 시선이 레온에게 향했다.

이제 전력으로 던지겠다. 굳이 승낙을 받지 않아도 되는 일이다. 물어본 이상 대답을 해주는 게 이쪽의 의무였다.

고개를 끄덕이자 영웅이 박형수를 바라봤다.

오늘 원래는 휴식을 보내야 될 박형수지만 영웅을 위해 직접 마스크를 썼다.

'나 역시 궁금하기도 했고.'

부상 이후 영웅의 상태는 그에게도 큰 관심사였다.

직접 받아본다면 궁금증을 해소할 수 있다.

휴일에도 마스크를 쓴 이유 중 하나다.

팡팡-!

주먹으로 가볍게 미트를 때렸다. 그리고 정 가운데를 향해 내밀었다.

언제든지 던지라는 신호를 보내자 영웅이 고개를 끄덕였다.

다리를 뒤로 뺀 영웅이 킥킹을 했다.

하체를 고정시킨 뒤 상체를 비틀어 특유의 투구 폼을 완성시켰다.

'아프지 않다.'

상체를 틀었음에도 통증은 없었다.

하지만 여기까지는 병원에서도 이미 확인한 사항이었다.

문제는 전력으로 공을 던졌을 때의 반응이다.

'간다.'

마음을 먹은 영웅이 비틀렸던 상체를 회전시켰다.

원래의 형태로 돌아가려는 의지가 담겨 더욱 빠른 회전력이 더해졌다.

영웅은 그 힘을 버리지 않고 팔로 이동시켰다.

이동된 힘은 그의 어깨와 팔을 타고 손끝으로 전달됐다.

"흡!"

마지막 순간, 호흡을 멈춰 모든 힘을 집중시켰다.

후앙—!

실내이기에 바람이 갈라지는 소리가 더욱 선명하게 들렸다.

손을 떠난 공이 순식간에 공간을 가로질렀다.

팡—!

미트에 꽂힐 때 들리는 경쾌한 소리.

투쾅—!

그 뒤를 이어 폭탄이 터지는 듯한 소리가 들렸다.

실내 연습장이기에 들리는 고유의 소리였다.

레온의 시선이 옆으로 향했다.

스피드건에 찍힌 구속을 보자 미소가 절로 지어졌다.

영웅은 계속해서 피칭을 이어갔다.

구속은 평소와 같았다.

구위도 좋았다.

무엇보다 원하는 곳에 공을 던지고 있었다.

'부상은 다 나은 건가?'

투구 수가 열 개를 넘었다.

그럼에도 구속이나 제구력이 떨어지지 않았다.

'상태는?'

마운드 위의 영웅은 여전히 포커페이스였다.

아프지 않은 듯 보였다.

하지만 평소에도 마운드 위에서는 포커페이스를 유지하던 영웅이다. 직접 물어보지 않는 이상 알 방법은 없었다.

"그만."

레온이 연습을 중단시켰다.

던진 공은 총 17개.

그중에서 90마일 이하의 공은 단 하나도 없었다.

연습 투구임을 감안했을 때 분명 좋은 페이스였다.

문제는 부상의 여부다.

"몸은 어떤가?"

레온의 목소리가 살짝 떨렸다. 그만큼 긴장되는 질문이었다. 사람들은 숨 쉬는 것도 잊은 채 영웅의 대답만을 기다렸다.

"괜찮습니다."

"정말인가?"

"네, 부상 부위는 괜찮습니다."

사실이었다. 정말 아프지 않았다.

그 사실은 영웅에게도 큰 기쁨이었다.

미소가 지어지는 얼굴을 확인한 레온은 안도의 한숨을 내쉬었다.

이제 모든 카드는 맞춰졌다.

8장
월드시리즈 1차전

월드시리즈 1차전 선발이 발표됐다.

카디널스는 예상대로 1선발로 활약했던 루크 위버였다.

위버는 올 시즌 17승 7패 평균 자책점 2.11의 대단한 기록을 세웠다.

자신의 커리어하이 기록이었다. 단순 성적만 놓고 보면 영웅이 한수 위였다.

하지만 영웅은 챔피언십 시리즈에서 부상을 입은 상황.

완치가 되었다고는 하나 그 여파가 없을 순 없었다.

전문가들이 월드시리즈 1차전의 승자로 카디널스를 점찍고 있는 이유였다.

영웅은 집에서 마지막 휴식을 보내고 있었다.

월드시리즈 1차전은 인디언스의 홈인 프로그레시브 필드에서 펼쳐진다.

덕분에 마지막까지 익숙한 환경에서 휴식을 취할 수 있었다.

특히 오늘은 더욱 특별했다.

"오빠! 저녁 준비 다 됐어요!"

문을 열고 들어온 건 예린이었다.

예린은 오늘 아침 클리블랜드에 도착했다.

영웅을 보기 위해서다.

걸스에서 탈퇴한 후 연예계의 수많은 러브콜을 받았던 예린이다. 하지만 그녀는 모두 거절하고 은퇴를 선언했다.

이후에는 이런저런 일들을 처리하느라 한국에 쭉 머물러야 했다. 그리고 그 일들이 모두 마무리된 것이 일주일 전이다. 덕분에 월드시리즈에 맞춰 이곳 클리블랜드에 올 수 있었다.

"그래?"

"뭐 보고 있었어요?"

스마트폰을 보고 있던 영웅에게 예린이 물었다.

영웅은 대답 대신 스마트폰을 건넸다. 거기에는 카디널스 선수의 정보가 기재된 사이트가 떠 있었다.

"내일 상대할 타자들에 대해 공부 좀 하고 있었어."

"아하, 그렇구나."

예린은 데이터를 유심히 살폈다.

처음 만날 때는 야구에 대해 전혀 모르던 그녀다.

하지만 지금은 야구에 대한 지식이 풍부해졌다.

많은 노력을 한 것이다.

영웅의 직업에 대해 이해하기 위해서 말이다.

'강한 사람들뿐이네.'

카디널스의 타선은 완벽하다는 평가를 받았다.

발이 빠르면서 정확성과 파워를 겸비한 리드오프, 장타력과 정확성 그리고 빠른 발을 갖춘 2번 타자.

클린업은 물론이거니와 하위 타선까지.

빈틈이 없다는 표현이 어울리는 카디널스 타자들이었다.

실제 내셔널리그 타자 부문의 순위는 대부분 카디널스 타자를 독식했다.

그만큼 올 시즌 카디널스는 강한 타선을 구비했다.

평소의 영웅이라면 걱정하지 않았을 것이다.

하지만 부상 이후 첫 등판이다. 거기에 월드시리즈라는 큰 경기이다 보니 본인 스스로 부담감을 느꼈다.

타자들의 데이터를 확인하는 것도 그 이유에서였다. 몸을 움직이고 싶었지만 늦은 밤이다. 게다가 당장 내일 등판을 해야 된다. 무리를 해서는 안 된다.

그렇다고 가만히 있을 순 없었다. 끊임없이 뭐라도 하지 않으면 불안감에 잠식될 것 같았다.

이런 일은 처음이었다. 평소와 같이 정신집중을 하려 했지만 불가능했다. 심장이 금방이라도 폭발할 것 같았다. 머릿속에는 온갖 번뇌와 잡념들이 뒤엉켰다.

내일 경기를 시뮬레이션 해보려 했지만 좋지 않은 결과만이 나왔다.

이대로는 시합을 망치게 된다. 그런 생각을 떨치기 위해

한 가지 일에 집중을 해야 했다.

　한데 그 일을 멈추자 불안이 다시 그를 잠식하고 있었다.

　미묘한 변화였다.

　원래 포커페이스가 장기인 영웅이기에 지금 이 순간에도 그것을 유지하고 있었다.

　그러나 이 역시 평소와 달랐다.

　겉의 변화는 아니다.

　내면의 흔들림이기에 가까운 지인이라도 눈치채기 어려웠다.

　그때 예린이 영웅의 머리를 감싸 안았다.

　갑작스러운 스킨십에 영웅은 어리둥절했다.

　"너무 걱정하지 마요, 오빠."

　"어⋯⋯?"

　"오빠는 할 수 있어요."

　마치 모든 걸 알고 있다는 듯 그녀가 말했다.

　어떻게 보면 무책임할 수도 있는 말이다.

　오히려 더 부담을 줄 수도 있다.

　하지만 그녀의 분위기, 목소리, 그리고 심장의 고동이 그의 불안감을 밀어냈다.

　"응."

　영웅이 작게 대답했다.

　월드시리즈를 앞둔 라커룸은 특별했다. 대화를 하는 모습은 평소와 같았다.

하지만 분위기가 무거웠다. 당연한 일이었다.

메이저리그 최고의 팀을 겨루는 시리즈가 눈앞이다.

작은 실수라도 곧 패배로 이어진다. 그렇기에 선수들은 높은 집중력을 유지하려 노력한다.

경기·전이라 해도 말이다.

특히 선발 투수인 영웅의 집중력은 무서울 정도였다.

평소라면 웃으며 대화를 걸었을 그였지만 오늘은 달랐다.

일찌감치 준비를 끝내고 의자에 앉아 있었다.

휴식을 취하고 있지만 빈틈이 느껴지지 않았다.

동료들은 그것이 무엇을 의미하는지 잘 알고 있었다.

'이미 전투에 돌입했군.'

일각에서 영웅이 오랜 시간 쉬워 실전감각이 떨어졌을 수도 있다는 의견을 내놓고 있었다.

하지만 저 모습을 본다면 그러지 못할 것이다.

"경기장에 나갈 시간이 됐습니다!"

구단 직원이 들어와 안내를 했다. 그의 말에 선수들이 하나둘 라커룸을 빠져나왔다.

박형수는 입구가 아닌 영웅에게 다가갔다.

툭-!

어깨에 손을 올린 그를 향해 영웅이 고개를 들었다.

"가자."

"예!"

경기가 곧 시작된다.

펑-! 펑-! 펑-!

프로그레시브 필드의 상공에 폭죽이 수놓아졌다.

메이저리그 마지막 시리즈답게 화려함은 극을 달하고 있었다.

미국의 국가 역시 유명 가수가 와서 직접 부르고 있었다.

빈자리는 찾기 어려웠다. 메이저리그 최고의 팀을 결정짓는 자리를 모든 이들은 자신들의 눈으로 보고 싶어 했다.

[메이저리그 월드시리즈 1차전이 시작됩니다!]

중계진들 역시 흥분하긴 매한가지였다.

이번 월드시리즈에서 승리한다면 한국인 두 명에게 우승 반지가 돌아간다.

전례를 찾기 어려운 일이었다.

[마운드에 강영웅 선수가 올라왔습니다!]

카메라가 영웅을 비추었다.

실시간으로 영상을 보고 있는 사람들이 저마다의 의견을 댓글로 게시했다.

읽기 어려울 정도로 갱신되는 댓글에 눈이 어지러울 지경이었다.

그만큼 사람들의 관심이 집중됐다는 의미다.

거대 포털 사이트에서의 중계 시청자 수만 놓고 보더라도 무려 70만을 넘어서고 있었다.

인터넷 전체로 본다면 이백만은 훌쩍 넘을 게 분명했다.

미국을 포함하면 그 숫자는 어마어마하게 늘어난다.

이번 시리즈는 그만큼 많은 관심을 받고 있었다.

그리고 또 한 남자.

[강영웅 선수가 마운드에 오릅니다!]

영웅에게도 관심이 쏟아지고 있었다.

[부상 이후 챔피언십 시리즈에서 더 이상 모습을 볼 수 없던 강영웅 선수! 많은 사람의 우려를 딛고 월드시리즈 1차전에 등판을 합니다!]

[꽤 오랜 시간 실전을 쉬었기 때문에 아무래도 불안하긴 합니다.]

실전 감각은 중요하다.

아무리 뛰어난 선수라도 복귀전에서는 곤욕을 치른다.

하지만 영웅에게는 전혀 상관없는 이야기였다.

쉰 날은 고작해야 열흘. 그 시간 동안 사라질 정도로 영웅의 실전 감각은 무디지 않았다.

오히려 휴식은 그에게 새로운 힘을 주었다.

'전신에 힘이 넘친다.'

1년의 절반.

메이저리그의 경기 스케줄은 살인적이라 할 수 있었다.

특히 영웅은 자신이 평균 7.1이닝을 던졌다. 평균 6이닝 이상을 던지면 일류 투수로 분류한다. 그보다 1이닝을 더 던졌다는 건 정말 대단한 기록이었다.

문제는 그로 인한 피로였다. 아직 젊고 다른 선수들보다 육체적으로 뛰어난 영웅이지만 축적된 피로는 어쩔 수 없다.

그 피로의 일부가 이번 휴식으로 사라졌다.

특히 대부분의 훈련까지 쉬면서 취한 휴식이기에 더더욱 몸에 힘이 넘쳤다.

팡–!

팡–!

연습 투구를 시작했다.

백네트 너머에서 지켜보는 관중들의 시선이 느껴졌다.

기대, 호기심, 질투 등.

온갖 감정이 담긴 시선들이었다.

긍정적인 건 자신과 관련이 있거나 응원을 해주는 사람들 일 것이다.

부정적인 건 카디널스의 팬들이라는 생각이 들었다.

팬들은 선수와 팀에게 감정을 이입해서 경기를 관람하니 말이다.

"후우…….."

연습 투구를 끝낸 영웅이 깊게 한숨을 내쉬었다.

돌아왔다.

드디어 실감됐다.

짧다면 짧은 부상 기간.

하지만 당사자인 영웅에게는 기나긴 나날들이었다.

때로는 부정적인 생각이 들었고 때로는 암흑 속에 빠진 것 같기도 했다.

그러나 자신은 돌아왔다.

이곳 마운드에 말이다.

[연습 투구를 끝낸 강영웅 선수, 어떻게 보셨습니까?]

[일단 컨디션은 나빠 보이지 않습니다. 표정도 나쁘지 않고요. 하지만 워낙 마운드 위에서 포커페이스를 유지하는 선수이기에 실전에 들어가 봐야 될 거 같습니다.]

준비는 끝났다.

영웅은 마운드에 섰다. 타자가 타석으로 천천히 걸어 들어왔다.

잠시 눈을 감은 그의 귀로 곧 구심의 외침이 들려왔다.

"플레이볼!"

[월드시리즈 1차전 시작합니다!]

경기가 시작됐다.

눈을 뜨고 박형수를 바라봤다.

시선이 마주치자 사인을 내기 시작했다.

복잡하지 않았다.

간단하게 손가락을 펴는 것으로 사인을 끝냈다.

주자도 없고 경기 초반이니 복잡한 사인을 낼 이유가 없었다.

영웅은 고개를 끄덕이고 다리를 뒤로 뺐다.

그리고 팔을 들어 올리며 와인드업 자세에 돌입했다.

[초구가 무척이나 중요합니다. 초구를 어떻게 던지는지에 따라 강영웅 선수의 컨디션을 체크할 수 있을 겁니다.]

해설 위원은 자기의 역할을 충실히 했다. 그러면서도 시선은 모니터에 고정되어 움직이지 않았다. 그 역시 야구인으로서 그리고 야구팬으로서 궁금했다.

과연 영웅이 정상적으로 돌아왔을까?

부상은 괜찮아졌을까?

그것을 곧 알 수 있게 된다. 상체를 비튼 영웅은 평소와 같은 모습이었다. 킥킹을 한 각도, 자세 모든 것이 이전과 같았다.

석고상처럼 굳었던 비틀림이 풀리면서 맹렬한 회전이 시작됐다.

마치 태풍과도 같은 회전이었다.

쐐애애액-!

그의 손을 떠난 공이 순식간에 거리를 좁혀갔다. 타자가 반응했을 때는 이미 지척에 다가왔을 때였다.

퍼엉-!

"스트라이크!!"

[존 바깥쪽 낮은 코스를 정확히 관통합니다! 초구부터 스트라이크를 잡아내는 강영웅 선수! 구속은……! 96마일이 찍혔습니다!]

[공이 아주 묵직합니다. 부상 이전의 투구와 다를 게 없어요!]

초구뿐이지만 사람들은 깨달았다.

슈퍼에이스 강영웅이 돌아왔다는 사실을 말이다.

퍼엉-!

"스트라이크! 배터 아웃!"

[삼진입니다! 7구 끝에 삼진을 잡아내는 강영웅 선수! 타

자일순이 된 4회 역시 깔끔하게 이닝을 막아냅니다!]

4이닝 무피안타, 무사사구, 7탈삼진.

완벽한 피칭이었다.

복귀전이라는 우려는 이미 사라졌다.

영웅은 부상 이전과 똑같은 모습으로 마운드에 섰다.

그의 활약에 동료들 역시 고무되기 시작했다.

'오늘 경기는 이길 수 있다.'

승리를 할 수 있다는 확신이 그들의 마음속에 깃들었다. 영웅이 마운드에 있는 한 실점은 최소화할 것이다. 그것을 알기에 타자들은 점수를 내는 데에 있어 집중을 할 수 있었다.

[4회 말! 인디언스의 공격으로 시작됩니다.]

[오늘 경기는 매우 뛰어난 투수전이 되어 가고 있습니다. 강영웅 선수도 인상적이지만 루크 위버 선수 역시 매우 빼어난 피칭을 보여주네요.]

[올 시즌 내셔널리그 최고의 투수라는 이름값에 걸맞은 피칭이 아닙니까?]

[그렇습니다. 인디언스 타자들이 이 투수를 상대로 어떻게 점수를 뽑아낼지 걱정입니다.]

걱정은 기우였다.

타자일순이 된 인디언스 타자들은 루크 위버의 공에 눈이 익었다.

그 사실을 깨달은 타자들은 집중력을 끌어올렸다.

공이 눈에 익고 집중력까지 끌어올리자 좋은 결과로 이어졌다.

뻐엉-!

"볼! 베이스 온 볼!"

[쓰리볼 원스트라이크에서 던진 커브에 반응을 보이지 않았습니다!]

[3회까지는 타자들이 저 커브에 헛스윙을 자주 했습니다. 하지만 타자일순이 돼서 그런지 아주 중요한 순간에 배트가 나가지 않네요.]

루크 위버의 커브는 스카우트 리포팅에서 70점 이상을 받은 최고의 변화구였다.

실제 메이저리그 최고의 커브볼이란 평가를 받았다.

그런 공이라 하더라도 여러 번 본다면 때려낼 수 있다.

타자들 역시 같은 메이저리거이니 말이다.

[노아웃에 1루에 주자가 있습니다! 오늘 경기 최고의 찬스를 잡아내는 인디언스입니다!]

[지금부터는 큰 스윙보다는 정확한 스윙이 중요합니다.]

[내야와 외야의 수비들이 좌측으로 수비위치를 변경하고 있습니다.]

쉬프트가 발동됐다.

타석의 2번 타자인 로건은 좌우 어느 곳으로든 타구를 보낼 수 있다.

하지만 미세하게나마 좌측으로 보내는 타구가 많았다.

'특히 중요한 순간에는 좌측으로 잡아당기는 타구가 많아진다.'

잠재의식이라 할 수 있었다.

자신도 모르게 나오는 버릇이었다.

그렇다고 해서 백 퍼센트 좌측으로 때리는 건 아니다.

한마디로 도박이었다.

성공한다면 그 보상은 무척이나 크다.

하지만 실패한다면 그에 따른 대가 역시 클 수밖에 없었다.

카디널스 감독은 패를 던졌다.

남은 건 상대의 패를 보는 일뿐이었다.

뻐엉-!

"스트라이크!"

[투 볼 원 스트라이크가 됩니다.]

일부에선 이런 말을 한다.

야구에서 가장 재미있는 볼카운트는 투 볼 원 스트라이크라고 말이다.

그 이유는 투수와 타자의 수싸움이 불붙기 때문이다.

그만큼 던질 수 있는 구종도 다양해지고 던질 곳도 많아진다.

문제는 유인구를 던졌는데 타자가 낚이지 않는다면 볼카운트가 단숨에 타자에게 유리해진다는 것이다.

그렇기 때문에 투타 간의 수 싸움이 무척 치열해진다.

지금도 그랬다.

로건과 위버의 머릿속에는 여러 구종과 코스가 떠올랐다가 사라졌다.

가장 좋은 건 상대의 생각을 예측하는 것이다.

쉬운 일은 아니다. 그동안의 경험과 가지고 있는 데이터를 통해 예측해야 하니 말이다.

야구는 단순히 치고 달리는 스포츠가 아니다.

여러 수 싸움이 숨어 있고 그것을 알아가는 묘미가 있는 경기였다.

배터리의 사인이 길어졌다.

결국 타임을 요청하고 포수가 마운드를 방문했다.

[사인이 맞지 않는 걸까요?]

[그럴 수도 있습니다. 확실한 건 지금까지 빈틈을 보이지 않던 위버 선수가 흔들리고 있다는 겁니다.]

위버의 약점은 큰 경기를 치러보지 못한 것이다.

그가 두각을 드러낸 건 최근 3년이다. 그동안 카디널스는 월드시리즈에 진출하지 못했다. 위버 역시 월드시리즈 무대에 서는 건 당연히 처음이었다.

페넌트레이스와 월드시리즈는 전혀 다르다.

경기의 중요성, 그에 따른 압박감은 상상을 초월한다.

한 경기 한 경기에 팀의 1년 치 노력이 달려 있기에 더더욱 그렇다.

특히 에이스들이 받는 중압감은 일반인은 가늠할 수 없을 정도다.

각 팀의 에이스들은 자신이 받는 기대감이 얼마나 큰지 잘 알고 있다.

무형의 것이든 유형의 것이든 그에 따른 보상을 받고 있기 때문이다.

그렇기에 스스로의 역할을 해내가고 싶어한다.

위버 역시 마찬가지다. 페넌트레이스부터 그는 에이스의 역할을 톡톡히 해왔다.

어떤 경우에도 5회 이전에는 마운드에서 내려오지 않았다.

팀의 상황에 따라서는 9회 완봉 역시 묵묵히 견뎠다.

그렇게 책임감이 강했던 위버다. 월드시리즈에서는 더더욱 강해질 수밖에 없었다. 지금 상황이 큰 중압감으로 느껴지는 이유였다.

중압감은 견고했던 위버의 정신적 울타리에 금이 가게 만들었다.

평소라면 결코 뚫릴 일이 없는 울타리다.

하지만 처음 경험하는 상황에 울타리에 작은 틈이 생겼다.

그리고 로건은 그 틈을 놓치지 않았다.

포수가 상의를 끝내고 자신의 자리로 돌아갔다.

구심이 시간을 재촉하는 시그널을 보냈다.

더 이상 미룰 수 없다.

구두로 어떤 공을 던질지 합의가 끝난 상황이다.

위버는 마지막으로 큰 한숨을 내쉬고 세트포지션에 들어갔다.

곁눈질로 1루 주자를 견제한 뒤 슬라이드 스텝을 밟았다.

발의 끝이 홈 플레이트로 향하는 순간.

[주자 뛰었습니다!]

1루 주자가 스타트를 걸었다.

동시에 로건의 스윙이 시작됐다.

[히트 앤드 런입니다!]

중요한 순간에 레온 감독이 승부수를 띄웠다.

실패한다면 리스크가 크다.

분위기는 단숨에 카디널스에게 넘어갈 수 있다.

그럼에도 불구하고 레온 감독은 작전을 감행했다.

그럴 수 있었던 이유가 있었다.

'실패하더라도 영웅이 막아줄 것이다.'

흔들리지 않는 믿음이 있었기에 작전을 내릴 수 있었다.

따악-!

[쳤습니다!]

그라운드에 울려 퍼지는 경쾌한 소리에 레온은 자신도 모르게 손을 불끈 쥐었다.

결과를 보지 않았지만 직감을 했다.

눈으로 확인하기 위해 앞으로 나와 타구의 방향을 확인했다.

때마침 타구가 좌익수와 중견수의 한가운데에 떨어지고 있었다.

[좌중간을 가르는 안타입니다! 스타트가 빨랐던 1루 주자! 벌써 3루를 돌았습니다! 타자 주자는 2루에 안착합니다! 선취점을 올리는 인디언스입니다!]

분위기가 인디언스에게 넘어왔다.

4회의 찬스는 만루까지 이어졌다.

하지만 카디널스는 강했다.

감독이 직접 마운드를 방문해 위버를 진정시켰다.

위버 역시 좋은 투수였다.

자신의 실책을 깨닫고 그것을 보완했다. 지금까지 던졌던 구종과 스타일을 버리고 전혀 다른 공을 던지기 시작했다.

뻑ㅡ!

"스트라이크!"

[공격적인 피칭으로 투 스트라이크를 잡아냅니다!]

[정말 대단한 배짱입니다. 만루 원아웃 상황에서 연속해서 패스트볼을 던져 유리한 볼카운트를 만들어냅니다.]

위기 상황임에도 위버는 오히려 피하지 않았다.

마치 싸움을 걸듯 정면 승부를 택했다.

한데 그것이 먹혀들었다. 타자들은 위버의 커브를 공략하기 위해 준비 중이었다. 그런 와중에 커브가 들어오지 않고 패스트볼이 들어오니 대응이 늦을 수밖에 없었다.

그 결과가 지금 나타났다.

딱ㅡ!

[3구 때렸습니다! 빗맞았지만 타구의 속도가 빠릅니다!]

방향도 좋았다.

3유간을 가르는 위치였다.

속도 역시 빨랐기에 이대로라면 빠져나갈 수도 있다.

그 순간 유격수가 몸을 날렸다.

완벽한 타이밍의 다이빙캐치에 빠질 것 같았던 공이 글러브로 들어갔다.

퍽-!

[슈퍼 캐치로 빠져나가는 타구를 잡아냅니다!]

하지만 몸이 무너진 상황.

2루로 공을 던지기엔 힘들어 보였다.

그 순간 유격수가 재치를 발휘했다.

쓰러진 자세 그대로 공을 빼내 달려오던 3루수에게 공을 토스했다. 마치 예상이라도 했다는 듯 3루수가 허공에서 공을 낚아채 2루로 뿌렸다.

뻐억-!

"아웃!"

주자가 들어오기 전에 공이 먼저 도착했다.

2루수는 곧장 몸을 돌리며 1루로 공을 뿌렸다.

군더더기 없는 움직임이었다.

덕분에 1루에서 접점이 벌어졌다.

퍽-!

거의 동시에 공과 주자의 발이 도착했다.

사람들의 시선이 1루심에게로 향했다.

"세이프!!"

좌우로 펼쳐지는 손에 주자는 안도의 한숨을 내쉬었다.

반대로 1루수는 곧장 어필을 했다.

[아-! 카디널스 진영에서 비디오 판독을 요구하고 나섰습니다!]

[정말 중요한 순간입니다.]

[만약 비디오 판독에서 원심이 그대로 유지가 된다면 인디

언스는 추가득점을 가져갈 수 있습니다. 하지만 번복이 되면 공격은 이대로 끝이 납니다.]

[원래라면 추가 득점은 물론이거니와 빅 이닝이 될 수도 있는 상황이었습니다. 한데 유격수 매케닐 선수의 슈퍼 캐치와 순간적인 센스 덕분에 이런 상황이 만들어졌습니다.]

[캐치도 캐치였지만 그 직후에 보여준 상황 판단이 정말 뛰어나지 않았습니까?]

[맞습니다. 마치 평소에 연습이라도 한 듯 엄청난 플레이를 보여주었습니다.]

관중들은 열광했다.

이런 플레이는 1년에 한두 번 볼 수 있는 명장면이었다.

그런 플레이를 눈으로 직접 그것도 월드시리즈에서 본 것이다.

온몸에 전율이 돌았다.

한편 선수들은 긴장된 눈으로 헤드셋을 쓰고 있는 심판을 바라봤다.

'아웃이다.'

카디널스 선수들은 한마음으로 아웃을 기대했다.

'세이프야.'

반대로 인디언스 선수들은 세이프라고 판단을 했다.

이번 판정은 매우 중요했다.

[지금 이 순간은 오늘 경기에서 가장 중요한 순간이라고 할 수 있습니다. 비록 선취점을 내주었지만 만루 상황에서 추가점을 내지 못한다면 분위기는 단숨에 카디널스에게 넘

어가고 말 겁니다.]

[심판이 헤드셋을 벗었습니다!]

카메라가 심판을 줌인했다.

그의 손가락이 1루를 가리켰다.

그리고 이후 제스처가 찍히자 프로그레시브 필드에 야유가 쏟아졌다.

"우우우우-!"

[아-! 원심이 번복됩니다! 아웃입니다! 더블플레이가 완성됩니다! 인디언스의 레온 감독이 직접 나와 어필을 합니다!]

그러나 판독은 바뀌지 않았다.

실제 카메라에도 발보다 공이 먼저 도착하는 게 보였다.

정말 간발의 차이였다.

간발이지만 그 차이는 경기의 흐름을 크게 바꾸어 놓았다.

선취점을 냈다.

한데 인디언스 더그아웃은 분위기가 가라앉았다.

응원단들 역시 마찬가지였다.

원래라면 더 점수를 내야 될 타이밍이었다.

최소한 1점, 그 이상도 바라볼 수 있는 찬스가 날아갔다.

즉, 분위기가 넘어간다. 일반적이라면 그렇게 될 것이다.

하지만 지금 마운드에 있는 건 강영웅이다. 지금의 위기도 분명 막아줄 것이란 기대와 믿음이 있었다.

'내가 해야 될 건 삼자범퇴로 막는 거다.'

압도적인 모습으로 분위기를 다시 되돌려야 된다.

그것을 알기에 힘이 들어갔다.

좋지 않은 징조였다.

무엇보다 영웅 스스로가 그것을 눈치채지 못하고 있었다.

오랜만의 등판이다.

공을 던지는 것에 무리는 없지만 세세한 감각까지 돌아오지 않았다.

평소라면 눈치챘을 상황.

하지만 미처 알아채지 못하고 공을 던졌다.

뻐엉-!

"볼!"

딱-!

"파울!"

[공이 다소 몰리는 느낌입니다.]

[음, 그러게 말입니다. 박형수 선수가 원하는 코스로 정확히 공이 가지 않고 있습니다.]

박형수도 이상하다는 걸 느꼈다.

'올라갈까?'

고개를 저었다.

지금 마운드에 있는 건 영웅이다.

고작 공 2개가 잘못 들어왔다고 해서 올라가는 건 오버였다.

만약 다른 투수라면 당연히 올라갔을 것이다.

하나 그동안 영웅이 쌓아온 신뢰는 무척이나 두터웠다.

그 두터운 신뢰가 이번에는 독으로 작용했다.

[3구 던집니다!]

1구와 2구가 연달아 제구가 되지 않았다.

스스로도 그것을 느꼈다.

더욱 힘이 들어갔다.

제구가 되지 않는다면 힘으로 누르겠다.

그렇게 생각한 것이다.

최악의 선택이었다.

손을 떠난 공이 다소 높게 제구가 됐다.

또한 스핀도 평소보다 적게 먹었다.

구속은 90마일 후반이 찍혔지만 그런 건 의미가 없었다.

묵직함이 없는 공은 메이저리그에서 통하지 않는다.

게다가 지금은 월드시리즈다.

선수들의 집중력이 그 어느 때보다 높은 경기였다.

따악─!

경쾌한 소리가 그라운드를 울렸다.

[쳤습니다! 이건 큽니다!]

잘 맞은 타구가 쭉쭉 뻗어갔다.

우익수가 포기하지 않고 끝까지 따라갔다.

하지만 이내 담장에 막혀 더 이상 움직일 수 없었다.

[넘어갔습니다! 통한의 솔로포를 허용하고 마는 강영웅 선수입니다!]

[선취점을 낸 직후에 바로 동점이라니, 이건 꽤 큽니다.]

무엇보다 흐름이 카디널스의 것이었다.

'젠장……'

영웅은 자신의 실책을 깨달았다.

힘이 들어가면서 제구가 흔들렸다.

진즉 알아챘어야 했는데 실패했다.

'일단 잊자.'

내준 점수를 담아두고 있어봐야 도움이 되지 않는다.

최대한 빨리 잊는 게 정답이었다.

문제는 짧은 시간 안에 그게 되지 않는단 점이었다.

평소의 영웅이라면 가능하다.

하지만 공백기, 월드시리즈라는 중압감으로 인해 그것이 불가능해졌다.

다행인 점은 박형수가 최대한 시간을 끌어줬다.

또한 수비들의 도움도 이어졌다.

딱-!

[맞았습니다! 하지만 유격수 라인드라이브로 잡힙니다! 빠른 타구였지만 잘 잡아냈네요!]

[그러게 말입니다. 조금만 타이밍이 늦었어도 뒤로 빠지는 공이었습니다.]

연속 안타가 되지 않았다는 게 위안이었다.

그러나 사람들의 마음속에 불안감이 싹트기 시작했다.

평소와 다르다는 건 전문가들은 물론이거니와 일반 팬들도 알 수 있었다.

'영웅이 마지막으로 홈런을 맞았던 게 언제였더라?'

잘 기억이 나지 않았다.

메이저리그에서 가장 적은 피홈런을 기록한 건 불펜 투수나 클로저가 아니었다.

가장 많은 공을 던지고 가장 많은 선수를 상대하는 영웅이었다.

그만큼 그는 적은 피홈런을 허용했다.

맞지 말아야 될 상황에 내준 홈런이기에 충격은 컸다.

영웅은 이후 타자들을 범타로 돌려세웠다.

최종적으로 그가 준 점수는 단 1점이다.

하지만 그 충격은 경기를 지배했다.

9장
에이스라는 무게감

[오늘 열린 월드시리즈 1차전에서 강영웅 선수는 승패 없이 7이닝 농안 107개의 공을 던졌습니다.]

[오늘 경기는 여러모로 답답한 경기였습니다. 경기 내내 강영웅 선수는 제구가 제대로 잡히지 않은 듯한 모습을 보여주었어요.]

[미국 현지에서도 비슷한 의견이 나오고 있는데요. 하지만 기록만 놓고 보면 나쁜 기록이 아니지 않나요?]

[예, 다른 투수가 기록했다면 분명 좋은 기록입니다. 하지만 이 기록을 달성한 게 강영웅 선수이기 때문에 아쉬운 겁니다.]

영웅에 대한 기대치는 두말하면 아프다.

퀄리티 스타트 플러스가 아닌 그 이상까지도 기대를 했다.

1차전을 확실히 잡아 분위기를 완벽하게 휘어잡을 계획이었다.

무엇보다 아쉬웠던 건 5회였다.

[4회, 팀이 선취점을 뽑았지만 아쉬운 상황에서 공수교대가 이루어졌습니다.]

[예, 분명 만루에서 카디널스가 좋은 수비로 더블플레이를 만들어냈죠.]

[맞습니다. 비디오 판독까지 갈 정도로 박빙의 상황이었죠. 어쨌든 판정은 뒤집혔고 공격은 그 자리에서 끝났습니다. 분위기 자체가 카디널스에게 넘어간 상황이었죠. 이 분위기를 끊어줬어야 했는데 강영웅 선수가 실패했습니다.]

[바로 동점 솔로 홈런을 내주었죠?]

[예, 타이밍이 매우 나빴습니다.]

[이후 7회까지 3개의 안타를 더 허용했지만 점수는 내주지 않았습니다.]

문제는 교체된 다음이었다.

두 번째 투수로 올라온 세스가 연속 안타를 내주면서 2점을 주고 말았다.

그 뒤로는 경기가 완전히 넘어갔다.

다시 뒤집기에는 무리였다.

최종 스코어 3 대 1.

반드시 이겨야 될 경기에서 지고 만 것이다.

영웅이 못해서가 아니다.

전체적으로 인디언스의 타선이 침체되어 있었다.

하지만 영웅은 책임감을 느꼈다.

[1차전의 패배로 카디널스가 기선제압을…….]

삑ㅡ!

TV를 끈 영웅이 크게 한숨을 내쉬었다.

'내 책임이다.'

경기 감각을 제대로 찾지 못했다.

그것이 곧 치명적인 실수로 이어졌다.

영웅은 그때의 상황을 잊지 못했다.

야구에는 만약이란 단어가 없다.

하지만 사람인 이상 후회는 할 수밖에 없었다.

문제는 그다음이다. 범인은 그 후회에 잡혀 자책을 한다. 그렇게 되면 이후에는 더 최악으로 치닫게 된다.

부정적인 생각이 깊어지면 점점 심연으로 빠져들어 슬럼 프로 이어지게 된다.

멘탈적인 부분이 중요한 야구, 그것도 투수가 정신적인 트라우마로 슬럼프에 빠지면 골치 아파진다.

다행인 것은 영웅은 거기까진 빠지지 않았다는 거다.

아니, 애초에 후회를 계속 이어가지도 않았다.

'이번 실수는 온전히 내 실수다.'

그는 남 탓을 하지 않았다.

온전히 자신의 탓을 하면서도 반성을 했다.

'고작 2주 정도를 쉬었다. 그런데도 경기 감각에 문제가 있었어.'

열흘 그 이상도 쉰 적이 있었다.

하지만 그때는 온전한 재활 과정을 거쳤다.

시뮬레이션 피칭을 반복하면서 피칭감각을 끌어올렸고 청백전을 통해 실전 감각도 가다듬었다.

이번에는 그런 과정이 배제되어 있었다.

짧은 시간이었기 때문이다.

'앞으로 조심해야겠어.'

교훈을 얻은 영웅은 주먹을 쥐었다.

'실수는 한 번이면 족하다.'

더 이상의 실수는 용납할 수 없었다.

영웅은 각오를 다지며 다음 경기를 기다렸다.

카디널스는 강했다.

한번 흐름을 타자 무서운 공격력을 발휘하기 시작했다.

딱-!

[쳤습니다! 이건 넘어갑니다! 스리런 홈런을 기록하는 카디널스의 빅 머신 브라운 선수입니다!]

[1차전에서 강영웅 선수에게 때려낸 솔로 홈런처럼 이번에도 실투를 놓치지 않았어요.]

[올 시즌 51개의 홈런을 때려낸 브라운 선수에게 실투는 바로 넘어간다는 의미 아니겠습니까?]

[그렇습니다. 이번 홈런으로 인디언스는 2차전 역시 힘들어지게 되네요.]

8회에 터진 스리런 홈런이다.

스코어는 단숨에 4점 차로 벌어졌다.

예상대로 인디언스는 그 점수 차를 이겨내지 못했다.

연패였다.

그것도 홈에서 펼쳐지는 1, 2차전을 모두 내주고 말았다.

최악의 시나리오가 펼쳐진 것이다.

인디언스는 이제 원정을 떠난다.

마지막 밤을 홈에서 보내는 레온의 표정은 심각했다.

'어떻게 한다……'

궁지에 몰렸다.

7전 4선승제인 월드시리즈에서 1, 2차전을 내주었다.

홈 어드밴티지까지는 아니지만 압도적인 관중의 성원을 등에 업고도 말이다.

이제 적지로 향해야 된다.

'어떻게든 지금 분위기를 뒤집어야 된다.'

야구는 흐름의 스포츠다.

한번 끌려가는 흐름이 잡히고 나면 웬만한 사건이 아니고서는 뒤집을 수 없다.

뒤집는 방법은 여러 가지가 있다.

문제는 그것들을 의도한다고 해서 나오는 게 아니었다.

딱 하나.

가능성이 높은 방법이 머리에 떠올랐다.

하지만 걸림돌도 있었다.

'첫 번째 경기에 등판을 했었다. 등판 간격이 너무 짧아져.'

그 방법이란 영웅을 등판시키는 것이다.

첫 경기에서 매우 좋은 모습을 보여주었다.

몇몇 언론에서는 평소 영웅의 모습과 다르다고는 하지만 레온은 다르게 생각했다.

부상으로 인해 공백을 가졌다.

단순히 컨디션 조절 차원에서 쉰 것과는 또 다르다.

훈련도 제대로 치르지 않고 실전 경기에도 참석하지 않았다.

실전 감각이 떨어질 거란 예상은 당연했다.

하지만 그는 훌륭하게 해내었다.

약간의 감각저하로 실점을 내주긴 했지만 충분히 제 몫을 했다.

문제는 다른 선수들이었다.

'2경기 합쳐서 득점이 고작해야 2점밖에 되지 않는다.'

타격의 페이스가 바닥을 치고 있었다.

2차전은 넘어간다 치더라도 1차전은 득점 지원만 제대로 됐어도 이기는 경기였다.

즉, 패배의 이유는 타선에 있다고 보는 것이었다.

'문제는 회복 기간이 짧다.'

이동 기간을 포함한다 하더라도 영웅의 재등판은 4일 만에 이루어지는 것이다.

1차전 투구 수가 107개라는 점을 봤을 때 충분한 휴식이 되었을지 의문이다.

'하지만······.'

지금 믿을 수 있는 패는 하나밖에 없었다.

결국 레온 감독은 결단을 내려야 했다.

팀의 승리를 위해서 말이다.

[월드시리즈 1차전과 2차전에 내주면서 궁지에 몰린 인디언스가 적지 부시 스타디움에서 3차전을 치르게 됐습니다. 인디언스는 3차전의 선발 투수로 강영웅 선수를 예고했습니다.]

[다소 이른 등판이긴 하지만 어쩔 수 없습니다. 만약 3차전까지 내준다면 최악의 경우 4연패로 시리즈 전체를 내줄 수 있습니다. 어떻게든 1승을 챙겨야 되는 상황입니다.]

언론에서는 갑론을박이 이어졌다.

하지만 대다수의 전문가는 영웅의 등판이 타당하다는 의견이었다.

팬들 역시 마찬가지였다.

인디언스를 응원하는 한국 팬은 물론이거니와 미국 현지 팬들 역시 영웅의 등판을 열렬히 요구했다.

그런 팬들의 요구에 응한 건 아니었다.

레온 감독 역시 영웅의 등판이 반드시 필요하다고 판단해 내린 결정이었다.

어쨌건 이번 결정으로 인터넷의 여론은 호의적으로 바뀌었다.

이전까지만 하더라도 레온의 경질을 요구했는데 말이다.

여하튼 영웅은 3차전 등판을 위해 몸을 준비했다.

'1차전에서의 피로는 모두 풀렸다.'

영웅의 회복력은 가히 경이로울 정도였다.

일반인의 수준을 넘어 프로들 사이에서도 비교할 수 있는 이들이 없었다.

어떻게 보면 그의 가장 큰 무기라 할 수 있었다.

"후우……."

크게 한숨을 뱉은 영웅이 공을 뿌렸다.

파앙-!

실내 연습장에 경쾌한 소리가 울려 퍼졌다.

"얼마나 나왔지?"

"94마일입니다."

투수 코치의 손에 들린 스피드건에 찍힌 숫자였다. 연습 투구임에도 불구하고 150㎞/h 이상의 공을 던진 것이다.

'제구도 좋다.'

투구 수가 10구를 넘어가는 동안 라인을 벗어나는 공이 없었다.

레온은 확신했다.

자신의 선택이 틀리지 않았다는 걸 말이다.

뻐억-!

"나이스! 아주 좋아!"

공을 받은 박형수가 엄지를 치켜들었다.

빈말이 아니었다.

오늘 받아본 영웅의 공들은 하나같이 강력했다.

'영웅은 베스트 컨디션이다. 문제는……'

마스크에 가린 박형수의 얼굴이 일순 굳어졌다.

그의 머릿속에는 하나의 기억이 맴돌고 있었다.

바로 월드시리즈 1차전이었다.

'영웅의 이상을 눈치채고 내가 바로 마운드에 올랐어야 된다.'

오랜만의 실전 등판이다. 자신이 충분한 주의를 가지고 이상이 생기면 평소보다 빠르게 마운드에 올랐어야 했다.

하지만 그러지 못했다.

명백한 실책이었다.

월드시리즈는 막상막하의 실력을 가진 선수들이 맞붙는 최고의 무대다.

작은 실수가 곧 승부의 추가 되는 경우가 빈번했다.

'두 번 다시 그런 실수를 하지 않겠다.'

박형수는 스스로 반성했다.

실수의 이유를 다른 이에게 넘기지 않았다.

또한 자책도 하지 않았다. 그저 반성하고 자신의 잘못을 반복하지 않을 뿐이었다.

그리고 그 마음은 영웅 역시 마찬가지였다.

두 사람만이 아니다.

경기장에서 함께 뛰는 9명, 그리고 벤치에서 뒤를 든든히 지켜주는 이들까지.

모두들 한마음이 되어 3차전을 준비하고 있었다.

[월드시리즈 3차전! 궁지에 몰린 인디언스를 구하기 위해 에이스 강영웅 선수가 다시 한번 마운드에 오릅니다!]

[1차전에도 등판을 했기 때문에 오늘 경기의 관건은 역시 체력 회복에 있습니다.]

[인디언스의 입장에선 배수의 진을 친 게 아니겠습니까?]

[맞습니다. 3차전까지 내주면 단 1승도 올리지 못한 상황에서 시리즈가 끝날 수도 있습니다. 그것을 막기 위해선 분위기 전환이 필요합니다.

그러기 위해선 강한 마운드가 필요했습니다. 무리해서 강영웅이란 카드를 다시 뽑은 이유죠.]

모든 이가 알고 있었다.

오늘 경기의 중요함을 말이다.

그렇기에 세인트루이스 카디널스 역시 최강의 타선을 구축했다.

[카디널스 역시 오늘 경기를 반드시 잡겠다는 듯 에이스 루크 위버 선수가 불펜에서 대기합니다.]

카디널스는 3선발로 활약했던 데이비스를 마운드에 올렸다.

시즌 12승 7패, 평균 자책점 3.56을 기록했다.

썩 강한 투수는 아니다.

그럼에도 선택한 이유는 풍부한 경험 덕분이었다.

30대 중반의 나이로 여전히 풀타임을 뛸 수 있는 체력과 풍부한 경험이 있었다.

더 놀라운 건 풀 시즌을 치르면서 그가 5점 이상의 실점을 한 일은 전혀 없다는 것이다.

특급 투수라도 한 시즌을 풀타임으로 뛰면 급격히 무너지는 일이 간혹 나타난다.

그들 역시 사람이기 때문이다. 한데 이 남자는 매 경기를 4실점 이내로 막아냈다. 언뜻 보면 평범하다고 할 수 있지만 메이저리그라는 무대라는 점을 봤을 때 매우 대단한 기록이었다.

또 하나.

데이비스는 최근 3년간 단 한 번도 6이닝 이하의 피칭을 한 적이 없었다.

선발 투수의 기본 소양으로 꼽히는 퀄리티 스타트.

그것을 매 경기마다 이행하고 있다는 뜻이다.

[데이비스 선수는 베테랑으로서 빼어난 제구력을 보유하고 있는 선수입니다.]

"플레이볼!"

준비는 끝났다.

마운드에는 데이비스가, 타석에는 인디언스의 리드오프 파렐이 들어섰다.

[팀이 포스트시즌에 진출하면서 부상에서 회복한 리드오프 파렐 선수가 돌아왔습니다만 아직까진 예전의 기량을 보여주지 못하고 있습니다.]

[아무래도 회복 기간이 짧은 게 가장 큰 이유인 거 같습니다.]

[시기상으로는 부상의 치료만 끝내고 돌아왔다고 봐야겠죠?]

[그렇습니다. 월드시리즈 1차전과 2차전에서도 단 한 번의 출루도 성공하지 못하면서 부진이 길어지고 있습니다.]

단기전에서의 리드오프 역할은 말할 필요가 없을 정도로 중요하다.

단 1점을 내기 위해서는 어떻게든 주자가 나가야 된다.

그 확률이 가장 높은 건 리드오프다. 그래서 9이닝 동안 가장 많이 타석에 설 수 있는 1번에 배치를 한다.

한데 파렐은 그것을 실패하고 있었다.

한 달간의 부상 치료. 이후에는 실전 감각을 끌어올려야 되는 훈련을 거쳐야 된다.

하지만 파렐은 그 시간을 가지지 못했다. 팀이 월드시리즈에 진출했기 때문이다. 실전 감각이 부족한 파렐은 좀처럼 제 페이스를 찾지 못했다.

많은 전문가는 월드시리즈 1, 2차전의 패배의 이유로 그를 지목하기도 했다.

당연히 본인이 받는 스트레스는 말로 할 수 없을 정도다.

'실전 감각은 여전히 돌아오지 않았다.'

경기를 치르면서 조금씩 돌아오고는 있었다.

문제는 그 속도가 너무 더뎠다. 팀에 짐짝이 되어 가고 있는 것이 뼈를 사무칠 정도로 고통스러웠다.

경기 전.

레온 감독에게 자신을 선발에서 제외해 달라고 말했던 이유였다.

하지만 레온은 그 부탁을 거절했다.

"파렐, 너는 인디언스의 선봉이다. 네가 공격의 물꼬를 터야 돼."

어떻게 들으면 부담스러울 수 있는 말이다.

하나 파렐은 부담스럽지 않았다.

반대로 자신을 이렇게까지 신뢰하는 레온의 한마디에 자신감을 되찾았다.

'나는 리드오프다. 리드오프의 역할이란……'

[볼카운트 원 볼 원 스트라이크! 데이비스 선수 3구 던집니다!]

와인드업을 한 데이비스가 공을 놓는 순간.

파렐이 타석의 가장 앞으로 이동했다.

동시에 자세가 낮아지고 양발이 일직선으로 놓였다.

'공격의 물꼬를 트는 것이다.'

[아아─! 기습 번트입니다!]

메이저리그에서 기습 번트가 나오는 일은 드물다.

한 시즌에 고작해야 두 손으로 꼽을 정도로 말이다.

KBO와 NPB와는 전혀 다른 스타일의 야구를 추구하기 때문이다.

하지만 나오는 일이 드물다고 해서 수비들의 움직임도 둔해지는 건 아니었다.

카디널스의 내야수들이 재빠르게 움직였다.

1루와 3루수가 동시에 대시를 시작했다.

동시에 2루수와 유격수가 베이스커버를 들어갔다.

엄청난 집중력과 훈련에서 나오는 재빠른 움직임들이었다.

파렐이 날린 타구는 정확히 투수와 3루수의 가운데로 향했다.

완벽한 배트 컨트롤과 힘 조절이 있기에 가능한 일이었다.

공이 맞는 순간 파렐은 이미 1루로 전력 질주를 시작했다.

메이저리그에서 가장 빠른 사나이.

파렐에게는 그런 별명이 붙어 있었다. 실제로 하이스쿨까지 단거리 육상선수로 활약했던 파렐이다.

하지만 그는 야구로 전향을 선택했다. 뛰어난 동체 시력과 빠른 발 덕분에 짧은 시간에도 메이저리그에 오를 수 있는 능력을 손에 넣었다.

그 능력은 지금 빛을 발했다.

[3루수 공을 잡았습니다! 하지만 파렐 선수의 발은 이미 1루 베이스에 도착했습니다! 기습 번트로 1루 진출에 성공합니다!]

[굉장한 스타트였습니다. 카디널스의 수비진 역시 빠른 대처를 보여주었지만 파렐 선수의 발을 막을 수 없었습니다.]

1루에 도착한 파렐이 보호 장구를 풀었다.

그 모습을 본 인디언스의 벤치에서 환호성이 들려왔다. 자신들의 선봉장이 돌아온 것을 축하하는 것이었다.

딱—!

[아—! 타구 높게 뜹니다! 우익수 거의 제자리에서 타구를 잡아냅니다! 세 번째 아웃카운트가 올라갔습니다.]

[아쉽게 기회가 끊겼지만 인디언스 입장에서는 이번 시리즈 중 가장 좋은 스타트를 끊었습니다.]

전광판에는 3이란 숫자가 찍혀 있었다. 그리고 3점의 리드를 안고 영웅이 부시 스타디움의 마운드에 올랐다.

[강영웅 선수에게 3점의 리드란 매우 큰 점수 아닙니까?]

[맞습니다. 문제는 짧은 회복 시간 안에 얼마나 체력을 회복했는지가 관건입니다.]

불안한 점은 단 하나였다.

영웅의 체력 회복. 그 불안점을 해소하기 위해서는 영웅이 직접 공을 던져야 했다.

연습 투구를 끝낸 영웅에게 박형수가 올라왔다.

"영웅아, 미안하다."

"네?"

"지난 경기에서 너의 이상을 눈치채고 먼저 올라갔어야 했다. 하지만 난 그러지 못했다. 아직 모자란 점이 있었던 거지."

선배가 후배에게 먼저 사과를 하는 건 이례적이다.

한국이라면 상상도 할 수 없는 일이다.

영웅 역시 그 점을 알고 있었다.

한국 대표 팀으로 태극마크를 달기도 했었기 때문이다.

그렇기에 박형수가 고개를 숙여준 것이 고마웠다.

"형님."

"응?"

"오늘 경기도 잘 부탁드립니다."

박형수가 고개를 들자 영웅이 뒤의 말을 붙였다.

"형님만 믿겠습니다."

이전 경기에서 실수를 한 자신을 믿겠다.

그것이 얼마나 힘든 일인지 잘 알고 있었다.

그럼에도 이렇게 말해주는 영웅에게 박형수는 진심으로 감동했다.

"그래, 이 형님만 믿어라."

가슴을 두드리며 자신감을 내비친 박형수가 마운드를 내려갔다.

그가 자리를 잡고 타자가 타석에 들어섰다.

"플레이볼!"

월드시리즈 3차전.

영웅의 무대가 시작됐다.

뻐억-!

"스트라이크! 배터 아웃!"

[세 번째 타자를 삼진으로 잡아내는 강영웅 선수! 1이닝 퍼펙트로 스타트를 끊습니다!]

[최고 구속이 97마일까지 찍혔네요. 아직 어깨가 덜 달궈진 상태이니 이건 차츰 늘어날 것으로 보입니다. 눈여겨봐야 될 것은 역시 구위와 제구입니다.]

[어떻게 보셨습니까?]

[3타자를 상대로 12개의 공밖에 던지지 않았습니다만 현재까지는 평소와 다를 게 없어 보입니다.]

다른 기자들 역시 같은 생각이었다.

언제나 우려를 비웃는 영웅은 오늘도 같은 모습을 보여주었다.

"오늘 경기는 인디언스가 잡을 수도 있겠는데?"

"그러게."

이제 1회가 지났다.

그런데도 기자석에서는 벌써 인디언스가 이길 수도 있겠다는 예측이 나왔다.

그 이유는 스코어에 있었다.

월드시리즈에서 인디언스의 타석은 답답 그 자체였다.

좀처럼 점수를 내지 못했고 기회를 잡아도 살리질 못했다.

하지만 오늘은 달랐다.

1회부터 3점이라는 리드를 잡았다. 카디널스가 2차전에서 낸 점수를 생각하면 충분히 따라잡을 수 있었다.

다른 투수라면 말이다. 하지만 지금 마운드에 있는 건 메이저리그 최고의 투수 중 한 명인 영웅이었다.

그에게 3점을 뽑아내는 건 불가능에 가까운 일이다.

그렇기에 기자들이 일찌감치 승부를 점쳤다. 이제 남은 건

과연 영웅이 얼마나 좋은 모습을 유지할지에 관심이 몰렸다.

1차전에서 보여주었던 순간적인 흔들림이 없어야 된다.

[2회 말, 추가점이 없는 상황에서 강영웅 선수가 다시 마운드에 오릅니다.]

스코어는 여전히 3 대 0.

이제 영웅의 2회 말 수비가 시작됐다.

첫 타자를 상대로 초구부터 공격적인 피칭을 이어갔다.

뻐엉-!

"스트라이크!"

[초구 스트라이크입니다. 구속은 98마일이 찍혔습니다.]

[바깥쪽 낮은 코스를 정확히 찔렀습니다. 배트가 돌았지만 마지막 순간 공이 휘면서 안쪽으로 들어와 배트의 궤적과 어긋났어요.]

영웅의 전매특허인 무브먼트가 다시 살아나기 시작했다.

[구속도 1회보다 빨라졌네요?]

[아마 점점 빨라지지 않을까 합니다. 추운 날씨가 이어지면서 몸이 풀리는 것도 점점 늦어지고 있으니까요.]

어느덧 계절이 겨울로 접어들고 있었다. 투수들의 몸이 풀리기 위해서는 최소 초반이 지나야 했다. 점수를 내기 위해서는 초반이 좋은 이유다.

'어떻게 해서든 따라가야 된다.'

초반의 실점이 뼈아프게 느껴졌다. 빠르게 따라가는 점수가 나와줘야 오늘 경기를 풀어 나갈 수 있었다.

오늘 경기가 중요하긴 카디널스 역시 마찬가지였다.

그들 입장에서는 하루라도 빨리 시리즈를 끝내는 게 가장 좋은 시나리오였으니 말이다.

[강영웅 선수, 2구 던집니다!]

펑-!

"볼!"

[유인구에 배트 나오지 않습니다.]

[고속으로 떨어지는 슬라이더였는데요. 반응을 보이지 못한 건지, 아니면 읽어낸 것인지 알 수 없지만 아깝게 됐습니다.]

볼카운트 원 볼 원 스트라이크.

다음 공이 중요하게 됐다.

'볼카운트를 유리하게 끌고 가야 된다.'

박형수와 영웅의 머릿속에 동일한 생각이 떠올랐다. 방법은 크게 둘 중에 하나로 나뉜다.

정면 승부와 유인구 승부. 앞서 유인구를 봤기 때문에 정면 승부를 택해도 좋은 선택이 된다.

하지만 영웅의 머릿속엔 변화구가 떠올랐다.

유인구가 아닌 존에서 존으로 떨어지는 정면승부 유형의 유인구를 말이다.

그때 박형수의 사인이 나왔다.

'슬라이더.'

구종이 먼저 나왔다. 다시 손가락이 움직였다.

이번에는 코스를 이야기하고 있었다.

'바깥쪽에서 몸 쪽으로 휘어 들어오게.'

원하던 공격적인 코스를 요구했다. 모처럼 자신이 원하는 코스가 나오자 영웅의 마음은 평온해졌다.

투수와 포수는 다른 사람이다. 아무리 궁합이 좋고 호흡이 잘 맞는다 하더라도 서로 생각하는 바가 다를 수밖에 없다.

하지만 간혹 서로의 의견이 일치되는 경우가 있다.

지금처럼 말이다. 이런 상황에서 투수의 마음은 안정된다.

정신적으로 안정이 된다는 건 매우 큰 득이었다.

와인드업을 한 영웅은 박형수가 내민 미트에 시선을 고정하며 공을 던졌다.

쐐애애액-!

[3구 던졌습니다!]

타자의 배트가 타이밍 좋게 돌아갔다. 궤적도 정확했다.

'맞았……!'

그 순간 공이 타자의 시선에서 사라졌다. 대응을 하기엔 너무나 갑작스러운 일이었다. 배트의 궤적을 바꾸지도 못한 채 허공을 갈랐다.

부앙-!

펑-!

직후 공이 미트에 꽂히는 소리가 들렸다.

"스트라이크!!"

[헛스윙입니다! 멋지게 투 스트라이크를 잡아내는 강영웅 선수!]

[대단한 공입니다. 슬라이더임에도 불구하고 90마일의 구속이 찍혔습니다.]

웬만한 투수들의 패스트볼 구속이었다.

게다가 영웅의 슬라이더 변화는 메이저리그 최고 수준이다.

타자의 입장에선 말 그대로 공이 사라지는 걸로 보였을 거다.

[이번 공은 배트를 돌리지 않았어도 존에 들어오는 공이었습니다. 오늘 강영웅 선수와 박형수 선수가 매우 공격적인 조합으로 상대를 요리하고 있어요.]

영웅의 컨디션은 최고조였다.

빠른 체력 회복이 장점인 그에게는 짧은 주기로 등판을 하는 것이 오히려 득이 됐다.

퍼엉-!

"스트라이크! 배터 아웃!"

영웅의 화려한 삼진쇼가 계속 이어졌다.

[월드시리즈 3차전에서 클리블랜드 인디언스가 승리를 거두었습니다. 선발투수로 등판한 강영웅 선수는 일부의 우려에도 불구하고 7이닝 무실점 13탈삼진을 잡아내며 완벽한 피칭을 이어갔습니다. 오늘 경기에서는 인디언스의 타선 역시 힘을 내면서 5득점을 올려 5 대 0의 스코어로 시리즈 전적 2 대 1을 만들었습니다.]

영웅의 등판은 성공적이었다.

배수의 진을 성공한 대가는 달콤했다.

가장 큰 성과는 타자들의 타격감이 조금이나마 돌아왔다는 것이다.

중심 타선이 살아났다.

무엇보다 팀의 리드오프가 3타수 3안타라는 완벽한 활약을 펼쳤다.

드디어 경기다운 경기를 해나갈 수 있게 된 것이다.

4차전.

인디언스는 3차전의 승리를 앞세워 초반부터 카디널스를 빠르게 압박해나갔다.

하지만 카디널스의 반격 역시 만만치 않았다. 에이스 루크 위버를 상대로 1회부터 안타를 뽑아냈다.

그러나 득점으로 이어지진 않았다. 루크 위버는 특유의 공격적인 피칭으로 인디언스 타자들을 돌려세웠다.

'투수전이 됐다.'

영웅은 불펜에 앉아 있었다. 원래라면 오늘 휴식을 취해야 되는 그였다.

하지만 그는 스스로 이곳에 자리를 잡았다.

전날, 영웅은 감독과 독대를 했다.

그 자리에서 자신의 의사를 분명히 밝혔다.

"팀이 위험한 순간에는 제가 등판하고 싶습니다."

에이스로써의 의무이자 책임감이었다.

레온 감독이 만류했지만 영웅의 의지가 워낙 강했다.

불펜에서 경기를 지켜보는 영웅의 눈초리는 매서웠다.

언제든지 경기에 나설 수 있게 감각을 날카롭게 만들고 있다는 증거였다.

에이스가 불펜에서 대기한다는 사실은 다른 이들에게도 큰 동기부여가 됐다.

'어제 공을 던진 녀석이 오늘도 불펜에서 대기 중이다.'

'녀석이 마운드에 설 수 없게 해야 돼.'

동료를 생각하는 마음이 팀을 하나로 뭉치게 했다.

또한 선수 개개인들의 집중력도 높아졌다.

그 결과 파인플레이가 연속해서 나와 경기의 박진감을 높였다.

[3루수 다이빙 캐치! 빠르게 일어나 1루로 송구!]

퍽-!

[아웃입니다! 멋진 수비가 나옵니다!]

[오늘 인디언스 수비들의 집중력이 매우 좋습니다.]

안타로 이어졌어야 될 타구들이 수비들의 좋은 수비로 사라지자 투수들도 안정을 찾았다.

루크 위버를 상대로 투수전이 된 이유였다.

견고했던 양 팀 마운드가 흔들리 건 일순간이었다.

[8회 초! 투수가 교체됩니다.]

[루크 위버 선수, 오늘 경기 7이닝 동안 109개의 공을 던지면서 무실점 피칭을 했지만 승패는 기록하지 못하고 마운드를 내려갑니다.]

[하지만 에이스라는 이름에 걸맞은 피칭이었죠?]

[그렇습니다.]

[카디널스의 두 번째 투수로 마운드에 오르는 건 레이먼드 선수입니다. 올 시즌 33경기에 등판해서 61이닝을 소화했습니다. 평균 자책점은 3.12로 그리 뛰어난 투수라고 볼 순 없겠죠?]

[그렇습니다. 하지만 카디널스에서 레이먼드를 올린 건 이유가 있습니다. 바로 월드시리즈를 경험한 베테랑이기 때문이죠.]

큰 경기에서 베테랑은 커다란 전력이 된다.

충분히 큰 무대를 경험을 해봤기에 안정적인 운영을 할 수 있다.

특히 동점의 상황에서 승리조를 섣불리 투입할 수도 없다.

경기가 길어질 수 있기 때문이다. 그런 점에서 봤을 때 레이먼드의 등판은 최적의 선택이라 할 수 있었다.

하지만 최적의 선택이 모두 승리로 이어지진 않는다.

따악-!

[3구 받아쳤습니다!]

박형수의 스윙이 호쾌하게 돌아갔다. 처음부터 노리고 있던 코스로 들어오는 공이었다. 일말의 망설임 없이 휘두른 배트에 맞은 공이 매서운 속도로 날아갔다.

[담장 너머로 공이 사라졌습니다! 솔로 홈런을 터뜨리는 박형수입니다!]

승부를 결정짓는 결정적인 한 방이었다.

시리즈 전적 2승 2패.

한때는 궁지까지 몰렸던 인디언스였다.

하지만 시리즈를 원점으로 돌려놓으며 카디널스의 우위에 설 수 있었다.

카디널스의 입장에선 5차전이 매우 중요하게 됐다.

마지막 홈경기이기 때문이다. 이후 6, 7차전은 모두 인디언스의 홈인 클리블랜드에서 펼쳐진다.

홈팬들의 압도적인 응원을 받는 상황에서 1승이라도 올려야 된다.

5차전은 카디널스의 분위기로 이어졌다.

딱─!

[가볍게 쳤습니다! 3루수! 몸을 날리지만 글러브가 닿지 못합니다! 안타입니다!]

[2루 주자까지도 들어올 수 있습니다.]

스코어판의 숫자가 단숨에 2로 수정이 되었다.

[스코어 4 대 2로 앞서나가는 카디널스!]

[경기 후반에 내준 이 점수, 매우 커 보입니다.]

어느덧 경기는 7회를 넘기고 있었다.

그런 상황에서 나온 실점이었기에 인디언스의 입장에서는 무거울 수밖에 없었다.

'더 이상의 실점은 위험하다.'

4차전에 이어 5차전 역시 영웅은 불펜에서 대기를 하고 있었다. 위험한 순간이 찾아오면 언제든지 등판하기 위해서였다.

영웅은 글러브를 들고 자리에서 일어났다.

"미구엘, 공 좀 받아줘."

"어?"

"몸을 좀 풀어둬야겠어."

자신이 나가야 될 때가 다가오고 있다. 본능적으로 그것을 깨달은 영웅은 스스로 행동을 하고 있었다.

불펜 코치는 어떻게 해야 되나 고민에 잠겼다.

말려야 되는 게 옳은 판단이다.

하지만 영웅이라면 이 위기를 넘어 분위기전환까지 만들어줄 수 있었다.

그때 불펜의 전화가 울렸다.

"예, 알겠습니다."

불펜코치의 시선이 영웅에게로 향했다.

"강! 감독님이다."

막 간이 마운드에 서려고 했던 영웅의 몸이 돌아섰다.

빨리 받으라는 코치의 재촉에 할 수 없이 몸을 돌렸다.

"예, 감독님."

─오늘 너의 등판은 없다.

"하지만……."

─너라면 분명 이 위기를 막아낼 수도 있다. 그 결과로 생기는 시너지 효과도 분명 있을 거다. 하지만 그 확률은 매우 적다. 그렇게 적은 확률에 너라는 카드를 써버리기엔 너무

아깝다.

감독의 이야기는 틀린 부분이 없었다.

－난 널 6차전에서 쓸 생각이다. 만약 오늘 경기를 진다고 해도 넌 등판하지 않는다. 나머지는 동료를 믿어라.

동료.

영웅은 야구를 시작한 이래 수많은 이와 함께 야구를 해왔다.

타국에 온 자신에게 따뜻이 대해주었던 그들을 떠올리자 마음이 평온해졌다.

"알겠습니다."

－고맙다.

5차전의 승자는 카디널스에게로 돌아갔다.

시리즈 전적 2승 3패로 인디언스는 홈으로 돌아왔다.

"다녀왔습니다."

"고생했다."

문을 열고 들어서자 어머니가 웃으며 반겨주셨다. 언제나처럼 따뜻한 온기와 음식 냄새가 뒤를 이어 그의 감각을 자극했다.

"오빠!"

뒤를 이어 예린이 모습을 드러냈다. 그녀는 어머니와 함께 집에 남아 있었다. 세인트루이스에 갈 수도 있었지만 그녀는 자청해서 클리블랜드에 남았다.

"오빠라면 반드시 클리블랜드까지 경기를 가져올 거죠? 그러니까 난 여기서 기다릴게요."

그녀의 말대로 경기는 클리블랜드에서 결론이 나게 됐다.
"자, 어서 들어와라. 밥부터 먹자."
"네."
영웅이 웃으며 집 안으로 들어섰다.

월드시리즈 6차전의 날이 밝았다.
프로그레시브 필드의 티켓은 일찌감치 마감이 됐다.
현장을 찾지 못한 이들은 경기장 근처의 술집에 자리를 잡았다. 가까운 곳에서 응원을 보내기 위해서다.
인디언스의 라커룸에는 선수들과 관계자들 그리고 기자들로 인해 북적거렸다.
오늘 경기는 전미의 시선을 집중시켰다. 인디언스에게는 더 이상 패배란 있을 수 없었다. 패배라는 글자가 새겨지는 순간 이번 월드시리즈는 막을 내린다.
궁지에 몰린 인디언스가 마운드에 올릴 수 있는 건 오직 한 명뿐이었다.
[강영웅 선수! 이번 시리즈 3번째 등판을 합니다!]
2전 1승.
영웅의 월드시리즈 전적이었다. 비록 1승이긴 하나 세부

내용을 보면 2승이라 해도 믿을 수 있었다.

특히 정규 시즌에서 보여준 압도적인 기량은 다른 선수들을 월등히 뛰어넘었다.

[강영웅 선수 마운드에 오릅니다.]

[프로그레시브 필드를 찾은 인디언스 팬들의 환호성이 대단하네요.]

예린은 어머니, 그리고 영웅의 누나와 함께 VIP석에 앉아 있었다.

실내임에도 불구하고 외부의 응원 열기가 그대로 느껴졌다.

"부처님, 제발 우리 영웅이에게 힘을 주세요."

어머니는 연신 염주를 돌리며 기도를 드리고 있었다.

오늘만이 아니다.

월드시리즈 1차전, 아니 그 이전부터 어머니는 언제나 기도를 드렸다.

예린은 그런 어머니의 손을 잡아드렸다.

"오빠는 꼭 잘할 거예요!"

"그래."

가족들만이 아니었다. 과거 그와 함께했던 동료들, 한국에서 지켜보는 팬들 모두 그의 건투를 기원했다.

많은 이의 응원을 받으며 영웅은 마운드에 섰다.

"플레이볼!"

[월드시리즈 6차전! 시작합니다!]

10장
월드시리즈 6차전

딱-!

[타구 빗맞습니다!]

빠른 타구였지만 방향이 정직했다.

유격수가 3루수 방향으로 두 걸음 정도 움직인 뒤 안정적으로 공을 잡았다.

"흡!"

1루로 세차게 뿌린 공이 정확히 1루수의 미트에 꽂혔다.

퍽-!

"스트라이크! 배터 아웃!"

[삼진입니다! 단 6개의 공으로 1회를 마감하는 강영웅 선수입니다!]

1회 퍼펙트.

짧은 등판 주기는 상관없었다.

언제나 마운드에 오르면 팀에게 강한 믿음을 주는 투수.

그게 바로 영웅이었다.

6차전에서도 여느 때와 같았다. 그는 강인하게 마운드를 지켜 나갔다. 영웅의 뒷모습을 바라보는 수비진들은 그 어느 때보다 든든함을 느꼈다.

그러나 그라운드 밖의 시선은 달랐다.

'1회부터 공이 맞아가고 있다.'

이상함을 느낀 건 기자들과 관계자들이다.

평소 영웅의 피칭은 초반에는 강력함으로 타자들을 돌려세운다.

공이 맞아 나가는 일은 극히 드물었다.

한데 오늘은 달랐다.

1회부터 모든 타자가 배트에 공을 맞히고 있었다.

잘 맞은 타구는 아니었지만 분명 평소와 다른 모습이었다.

'평소와 다르다는 건 좋은 것만은 아니지.'

제아무리 좋은 투수라도 연투를 한다는 건 매우 힘든 일이다.

특히 선발 투수는 주기가 중요했다. 100구 이상의 공을 전력으로 던지기 위해선 체력 분배와 회복이 중요했다.

괴물 같은 회복력을 지닌 영웅이라 해도 마찬가지였다.

그건 영웅 역시 잘 알고 있었다.

그래서 경기 전, 박형수와 한 가지 작전을 의논했다.

장비를 푸는 박형수의 시선이 영웅에게로 향했다.

의논했던 작전을 떠올리자 걱정이 앞섰다. 그 이유는 평소와 다른 영웅의 태도 때문이었다.

'언제나 강인한 모습을 보여주던 녀석이다. 약한 모습은 보여주지 않았는데……'

경기 전, 영웅은 한 가지 의견을 냈다.

"오늘 경기에서는 맞혀 잡는 피칭을 하겠습니다."

그런 제안은 처음이었다.

언제나 자신이 리드를 했다.

영웅은 말없이 그것에 따라왔다.

더욱 의문인 건 맞혀 잡는 피칭이다.

많은 이가 알고 있듯 영웅은 힘 있는 피칭으로 상대를 압도해왔다.

리그 최고의 삼진 비율이 스타일을 말해주고 있었다.

한데 갑자기 스타일을 바꾸겠다니?

'역시 무리를 하는 걸까?'

6차전을 치르는 동안 3번이나 등판을 하는 것이다.

그것도 모두 선발 투수다.

현대 야구에 들어서면서 이런 짧은 등판은 그 사례를 찾기 어려울 정도다.

하지만 영웅은 군소리 한 번 하지 않았다. 언제나 팀을 위해 희생하는 모습을 보여주었다. 그 모습이 있었기에 다른 선수들도 힘을 낼 수 있었다.

'감독도 이걸 걱정했지.'

경기 전, 박형수는 레온과도 독대를 했다.

"만약 영웅이 힘들어하는 모습을 보인다면 즉시 나에게 알려주게."

레온 역시 영웅의 체력 저하를 걱정하고 있었다. 책임감이
강한 영웅이 직접 이야기를 하지 않을 걸 알기에 박형수에게
부탁을 한 것이다.

'전반만 지켜본다.'

3이닝.

박형수가 참을 수 있는 최대한의 한도였다.

뻐억-!

"스트라이크! 아웃!"

[세 번째 타자를 6구 만에 삼진으로 돌려세웁니다! 1회에
는 양 팀 모두 득점을 올리지 못하네요.]

카디널스는 오늘 경기에서도 에이스 위버를 올리지 않았
다. 즉, 1차전을 제외하면 위버와 영웅이 만난 날은 없었다
는 것이다.

카디널스는 오늘 경기조차 내줄 수 있다는 시나리오를 쓰
고 있었다.

'최후의 카드는 우리가 더 강하다.'

인디언스에서 위버와 맞상대할 수 있는 투수는 영웅을 제
외하곤 없다.

그렇기에 선택할 수 있는 극단적인 작전이었다.

그 사실은 대부분 알고 있었다.

레온 감독 역시 마찬가지다.

뻔한 작전이지만 속아줄 수밖에 없었다. 만약 영웅이란 카드를 아꼈다가 패배를 하게 된다면 그대로 시리즈는 끝이니 말이다.

오직 승리만이 인디언스에게 남은 길이었다.

그것을 눈치챈 건 3회가 지났을 때다. 그전까지도 기자들이나 관계자들은 영웅의 컨디션이 나쁘다고 판단했다.

매 이닝 그의 공이 배트에 맞았으니까 말이다.

하지만 단 하나의 안타도 내주지 않았다.

또 하나.

그의 투구 수에 사람들은 경악했다.

딱―!

[높이 뜬 타구! 우익수 자리를 잡습니다! 안정적으로 공을 잡아냅니다! 투 아웃!]

4회에도 두 타자를 연속해서 뜬공 처리했다.

외야까지 나가긴 하지만 거기까지였다.

[오늘 강영웅 선수의 공은 계속해서 맞아 나가고 있지만 번번이 수비들에게 잡히고 있습니다.]

[맞혀 잡는 피칭을 해서 그런지 강영웅 선수는 오늘 투구 수를 매우 효율적으로 가져가고 있네요.]

3과 2/3이닝.

지금까지 던진 영웅의 공은 고작해야 37구에 불과했다.

1이닝당 10구를 던진 것이다.

이는 매우 적은 숫자다. 보통 한 이닝에 18개의 공을 던지면 효율적인 투구라고 한다.

이는 선발 투수의 요건이라 할 수 있는 6이닝 소화 능력과 100구라는 투구 수를 통해 나온 데이터였다.

여기서 더 줄여 16구가 된다면 7이닝까지도 소화할 수 있다.

이때부터는 각 팀의 에이스급이라 판단한다.

그런데 1이닝당 10구의 공을 던진다?

이를 9이닝으로 환산한다면 90구의 공밖에 던지지 않게 되는 것이다.

딱-!

[초구부터 건드립니다! 하지만 타구 높게 떠오릅니다! 내야를 벗어나지 못하고 3루수가 파울 라인 밖에서 공을 잡아냅니다! 쓰리 아웃!]

세 번째 타자는 고작 1개의 공으로 처리했다.

4회 던진 총 투구 수는 8구.

걱정하고 있던 사람들은 깨달았다.

영웅이 지금 어떤 투구를 하고 있는지 말이다.

5회 말.

인디언스에게 기회가 찾아왔다.

퍽-!

"볼! 베이스 온 볼!"

[선두 타자 볼넷으로 출루합니다!]

[노 아웃에 주자가 나갔습니다. 이번 기회를 반드시 살려야 됩니다!]

레온 역시 잘 알고 있었다.

그는 곧장 대주자를 투입했다. 발이 빠르고 주루 센스가 좋은 오건이 교체로 들어갔다. 타격 능력은 다소 떨어지지만 발만 놓고 보면 메이저리그 주전이라 해도 과언이 아닌 능력을 보유한 남자였다.

그는 기대에 부응하듯 교체되자마자 활약을 펼쳤다.

[2구 던집니다! 동시에 주자 뛰었습니다!]

사인이 난 것은 아니다.

그린라이트.

주자가 스스로 판단을 내리고 달리는 걸 말한다.

투수는 방심했다. 발이 빠르다는 건 알지만 오건의 데이터는 충분히 쌓이지 않았다.

그래서 다소 마음을 놓았다.

하지만 그게 실수였다. 오건은 그런 투수의 생각을 읽었고 빠른 타이밍에 승부수를 던졌다.

물론 자신의 발에 자신이 있기 때문에 나온 대담한 플레이였다.

포수 역시 그런 오건을 집기 위해 빠르게 공을 뿌렸다.

하지만 오건의 발은 생각보다 더 빨랐다.

좌아아앗-!

흙먼지를 뿌리며 슬라이딩을 한 오건의 발이 베이스에 닿았다.

퍽!

직후 공이 글러브에 꽂혔다.

"세이프!"

[살았습니다! 오건 선수! 대담한 플레이로 2루 도루에 성공합니다!]

[분위기가 인디언스에게 넘어가고 있습니다! 좋은 찬스가 찾아왔어요!]

찬스는 곧 점수로 이어졌다.

딱-!

[좌중간을 가르는 장타입니다! 2루 주자 홈인! 선취점을 올리는 인디언스입니다!]

작전이 들어맞았다.

오건을 투입하면서 공격의 흐름을 살렸다. 더그아웃으로 돌아오는 오건과 하이파이브를 하는 레온은 주먹을 불끈 쥐었다.

흐름을 탄 인디언스는 연속해서 안타를 만들어냈다.

순식간에 4점이란 점수를 얻었다.

'됐다.'

올라간 점수를 확인한 영웅이 안도의 한숨을 내쉬었다.

레온도 그제야 간파했다.

'설마 이걸 노린 건가?'

지금까지 영웅이 던진 투구 수는 모두 50구에 불과했다.

5이닝을 소화한 투수라고는 믿기 어려운 투구 수였다.

하지만 그게 눈앞에 펼쳐졌다.

더 중요한 건 지금 영웅을 교체시킨다면 내일 경기에서 등판할 여력이 있다는 점이다.

'내일 경기는 확실히 투수전이 된다.'

모든 사람이 아는 사실이다.

그리고 유리한 건 카디널스였다.

에이스라는 카드가 남아 있기 때문이다.

하지만 인디언스는 오늘 에이스라는 카드를 썼기에 투수전에서 밀릴 수밖에 없었다.

그러나 오늘 경기로서 그 카드를 살렸다.

이제 내일 경기에서 유리한 건 인디언스가 됐다.

'여기까지 생각을 했다면……'

온몸에 소름이 돋았다.

만약 그렇다면 영웅은 더 이상 선수의 눈으로 경기에 임하는 게 아니었다.

'저 나이에 여기까지 생각했다니……'

경악스러우면서도 경이로웠다.

레온의 예상은 정확했다.

영웅은 일부러 맞혀 잡는 피칭을 했다. 마지막 7차전을 위해서 말이다.

그리고 그의 생각을 읽은 레온은 그를 6회 마운드에 올리지 않았다.

필승조가 투입되긴 했으나 영웅이란 카드를 아낄 수 있었다.

팀의 절대적 에이스를 말이다.

뻐엉-!

"스트라이크! 배터 아웃!"

[삼진입니다! 4 대 1의 스코어로 6차전을 승리로 가져가는 인디언스입니다! 월드시리즈 우승반지는 이제 마지막 7차전에서 주인이 가려지게 됐습니다!]

월드시리즈 우승이 결정되는 일전이다.

두 팀의 수장은 물론이거니와 모든 직원이 늦은 밤까지 작전을 짜느라 정신이 없었다.

인디언스의 감독 레온과 수석 코치 파블로는 눈에 다크서클이 생길 정도로 회의를 이어나갔다.

그런 노력 덕분일까?

시간이 흐르자 어느 정도 작전의 윤곽이 드러나기 시작했다.

7차전에서 가장 중요한 부분은 역시 투수 운용이었다.

"오늘 경기에서 필승조 중 2명을 투입했습니다. 그중에서 피터는 30구가 넘어 다소 불안할 수도 있습니다."

필승조 중 한 명인 피터는 올 시즌 33경기에 출장해 평균 자책점 2.72를 기록했다.

시즌 중반부터 활약했음에도 팀에 확실한 믿음을 준 선수다. 그런 피터를 활용할 수 없다는 게 아쉬웠다.

하지만 그는 6차전에서 확실히 좋은 모습을 보여주었다. 위기 상황에 등판해 무실점으로 위기를 넘겼으니 말이다.

"영웅은 어떨 거 같나?"

"충분히 가능할 것으로 보입니다. 일단 투구 수도 50구에 불과했고 본인 말로는 전력투구도 거의 하지 않았다고 합니다."

"놀라운 일이군. 빅리그의 타자들을 상대로 전력투구를 하지 않고도 맞혀 잡는 피칭을 하다니 말이야."

"분석 팀에서도 놀라워하는 눈치입니다."

6차전에서 영웅의 투구는 경이로움 그 자체였다.

같은 코스로 들어가는 공이라 할지라도 들어가는 궤적 자체는 달랐다.

예를 들어 패스트볼이란 하나의 구종이라도 휘어 들어가는 방향이 모두 달랐다는 뜻이다.

영웅의 장점 중 하나인 무브먼트를 극단적으로 살린 피칭이 6차전에서의 모습이었다.

"7차전에서도 오늘 같은 피칭을 해주면 충분히 우승도 할 수 있겠군."

"어렵다는 건 잘 아시지 않습니까?"

"그렇겠지."

레온도 이미 알고 있었다.

인디언스의 전력 분석 팀이 분석을 끝냈다면 카디널스 역시 마찬가지일 것이다.

6차전처럼 영웅의 마음대로 경기를 운영해 나가긴 어려울 거다.

"어려운 싸움이 될 거야."

"원래 우승반지를 손에 넣는 게 가장 어렵죠."

두 사람 모두 현역 선수로 활약을 했던 이들이다.

하지만 우승반지와는 인연이 없었다. 지도자가 된 이후에도 마찬가지였다.

만약 이번에 우승을 하게 되면 최초의 우승반지를 손에 끼게 된다. 그 생각만으로 설레였다. 그리고 그 설레임이 철야를 견디는 원동력이 되었다.

두 사람은 밤늦도록 회의를 거듭해 나갔다.

영웅은 집에서 휴식을 취하고 있었다.

'통증이 계속되네.'

통증이 있는 부위는 옆구리였다.

처음에는 아주 미세한 통증이었지만 갈수록 빈도가 강해지고 있었다.

김성일이 했던 말이 떠올랐다.

"시간이 갈수록 선수 생명은 점점 줄어든다."

스스로도 느끼고 있었다. 그렇다고 포기할 순 없었다.

이제 월드시리즈 우승이라는 목표까지 한 걸음이 남았다. 이 한 걸음을 위해서 자신의 몸이 희생된다 해도 감당할 것이다.

그만큼 인디언스란 팀은 영웅에게 소중했다.

'많은 사람에게 도움을 받았지.'

팀의 스태프들, 선수들, 직원들은 물론이었다. 나아가 클리블랜드의 시민들도 그에게 많은 도움을 주었다.

교민들 역시 말로 할 수 없을 정도로 큰 응원을 그에게 보내주었다.

그것에 보답하는 게 선수로서의 의무였다.

그렇게 배워왔다. 꿈의 그라운드에서 말이다.

'팬이 있기에 내가 있다.'

그들의 기쁨을 위해서라면 자신의 몸이 부서지더라도 괜찮았다.

'내일……'

드디어 월드시리즈 7차전이 열린다.

11장
월드시리즈 우승

　클리블랜드는 축제 분위기였다. 월드시리즈 우승을 코앞에 두었기에 가능한 일이었다.

　모든 사람이라 해도 과언이 아닌 인구가 식당, 술집, 카페 등에 모여 TV를 응시하고 있었다.

　[월드시리즈 마지막 경기도 어느덧 초반을 넘어섰습니다. 현재까지 양팀의 스코어는 3 대 3으로 동률을 이루고 있습니다.]

　[예상을 벗어난 난타전이 펼쳐지고 있어요. 고작 3회까지 진행이 됐는데 양 팀이 쳐 낸 안타가 10개를 넘었습니다.]

　예상 밖의 경기였다.

　월드시리즈 1차전에서부터 6차전까지.

　수준 높은 투수전으로 박빙의 경기를 펼쳐 왔다.

　그렇기에 대부분의 사람이 7차전 역시 투수전이 될 것이라 예상했다.

두 팀의 2선발과 1선발이 출격을 하니 당연한 예상이었다.

[이런 결과가 나온 이유가 뭐라고 보십니까?]

[아무래도 선수들의 체력 저하가 원인이라고 생각됩니다. 이미 풀시즌을 치렀고 거기에 포스트시즌에 월드시리즈까지 뛰고 있으니 체력이 남아나질 않겠죠.]

선수들의 체력은 이미 한계를 넘었다. 오직 한 가지 목표를 위해 평균 이상의 힘을 내고 있었다.

하지만 그것도 한계였다. 7차전이 되니 몸은 원하는 대로 따라오지 않았다. 대부분의 선수가 자잘한 부상까지 입고 있었다.

그런 상황임에도 코치진에서는 별다른 조치를 하지 못했다.

백업이 있기는 했지만 교체할 수도 없었다. 같은 빅리그의 선수라고는 하지만 붙박이 주전과 그렇지 않은 선수 간의 갭은 분명히 존재했다.

이런 큰 경기에서 그 갭은 더 크게 작용할 게 분명했다. 작은 실수로도 승패가 갈리는 경기다. 모험하기에는 돌아오는 리스크가 너무 컸다.

'무엇보다 양 팀의 선발이 모두 지쳤다.'

휴식 기간이 있었다고는 하나 무리한 일정을 계속 지켜온 선수들이다. 구속이 떨어지고 제구가 흔들렸다. 그렇기에 지친 타자들도 공략이 가능한 상황이었다.

'먼저 흐름을 끊는 팀이 이긴다.'

누가 먼저 움직일 것인가?

이제는 감독의 눈치 대결로 이어졌다.

레온 감독은 선불리 다음 카드를 꺼내들지 못했다. 6차전에서 필승조를 투입한 영향이었다.

또한 불펜에서 대기 중인 대다수의 투수 역시 지친 상황이다. 함부로 교체를 했다간 미묘하게 이어지고 있는 균형이 깨질 수도 있었다.

두 팀의 교착 상황은 4회 초까지 이어졌다.

하지만 균형은 영원하지 않았다.

4회 말.

인디언스가 다시 한번 기회를 잡았다.

딱-!

[간결한 스윙! 타구 삼유간을 가릅니다! 로건 선수, 영리한 타격으로 안타를 추가합니다.]

[이번 월드시리즈에서 가장 돋보이는 타자는 로건이 아닌가 싶습니다.]

로건은 제 역할을 충분히 해내고 있었다.

그가 잡아낸 기회는 곧 박형수에게로 이어졌다.

[개인적으로 저는 로건 선수보다 박에게 더 많은 점수를 주고 싶습니다.]

[아, 물론입니다. 박은 첫 월드시리즈임에도 불구하고 수준 높은 타격 능력을 보여주고 있습니다. 홈런 역시 2개를 기록하면서 6차전을 치르는 동안 7타점을 쓸어 담았죠.]

팀의 중심 타선으로서 박형수는 제 역할을 톡톡히 해내고 있었다.

미국에서 그의 몸값이 높아지는 이유였다.

'지금이 전환점이다.'

야구에는 세 번의 기회가 찾아온다.

야구인들이 흔히들 하는 말이었다.

실제로 경기를 치르는 선수들이나 지도자들은 찬사를 느낄 수 있었다.

여러 경험을 치러온 박형수 역시 마찬가지였다.

그는 지금이 기회를 살릴 찬스라고 판단을 내렸다.

'여기서 달아나야 된다.'

찬스는 왔을 때 잡아야 된다. 만약 놓친다면 그로 인한 후폭풍은 자신들에게 닥치게 될 것이다.

박형수는 그 어느 때보다 높게 집중력을 끌어올렸다.

뻐엉-!

"볼!"

평소라면 배트가 나갔을 공이었다.

존으로 들어오다 급격하게 떨어지는 스플리터였다. 박형수가 메이저리그에 와서 가장 호되게 혼났던 구종이다.

하지만 지금의 집중력이 그 공을 걸러내게 만들었다.

'상대의 구속 역시 많이 떨어졌다. 그렇다면……'

노리는 건 패스트볼이었다.

허를 찌르는 것이다.

위버는 좋은 투수고 장점도 여럿이 있었다. 그중에서도 가장 큰 장점은 바로 평균 90마일 후반을 던지는 패스트볼이었다.

그러나 오늘 경기에서 위버는 90마일 후반의 공을 단 10개도 던지지 못했다.

무브먼트 역시 좋지 않았다. 체력이 떨어졌다는 증거였다.

박형수는 그것을 알고 있었다.

패스트볼을 노린 이유다.

퍼엉—!

"스트라이크!"

[투 볼 원 스트라이크가 됩니다.]

[방금 전 공은 놓쳤다고 봐야겠는데요.]

[슬라이더였지만 밋밋하게 꺾였죠?]

[그렇습니다. 아쉽네요.]

박형수는 오직 하나의 공을 노렸다. 그렇기 때문에 변화구에는 반응하지 않았다.

아직은 자신의 볼카운트였다.

인내의 결과는 달콤할 것이다.

박형수는 그렇게 생각하며 배트를 다시 쥐었다.

[4구 던집니다.]

[위버 선수는 다시 한번 승부를 할 겁니다.]

해설자의 예상대로였다.

위버의 손을 떠난 공이 정직한 궤적을 그렸다.

패스트볼이었다.

'걸렸어!'

구속은 90마일 중후반으로 보였다.

그러나 중요한 무브먼트가 엉망이었다.

공은 뻗지 않았다. 이대로 배트를 휘두른다면 장타로 만들 수 있다.

박형수는 망설이지 않았다. 풀스윙을 가져가며 모든 힘을 집중시켰다.

부앙-!

풍압이 홈 플레이트 위로 흙먼지를 일으켰다. 엄청난 힘이 집중된 스윙이었다. 그러면서도 공의 궤적을 정확히 꿰뚫고 있었다.

힘과 정확성까지 겸비된 스윙.

그 순간이었다.

공이 흔들렸다. 스윙의 궤적과 공의 궤적이 어긋났다.

딱-!

그렇다고 멈출 수 없었다. 이미 힘으로 어떻게 할 수 있는 단계가 아니었다.

결국 빗맞았다. 배트의 아랫부분에 공이 맞았다. 타구는 홈 플레이트 바로 위에 떨어졌다.

퉁-!

크게 바운드된 공이 유격수 방향으로 날아갔다.

최악이었다.

1루로 향하는 박형수는 이를 악물었다.

전력 질주.

본래 박형수는 발이 빠른 편이 아니다. 본인도 그것을 알고 있기에 이런 상황에선 전력 질주를 하지 않는다.

하지만 지금은 아니다. 기적을 바랐다.

'저글링이라도 해라!'

수비가 공을 바로 포구하지 못하고 더듬는 행위.

프로에서는 쉽게 나오지 않는 실책을 바랐다.

그러나 기적은 일어나지 않았다.

퍽─!

"아웃!"

[2루 아웃! 그리고 1루에서도……!]

퍽!

"아웃!"

[아웃입니다! 노아웃의 찬스에서 더블플레이가 나왔습니다!]

최악의 결과였다.

하지만 최악이라 생각할 때 더 큰 최악이 남아 있었다.

"큭……!"

박형수가 오른쪽 허벅지를 손으로 집고 있었다. 고통스러운 듯 인상을 한껏 찡그렸다.

급하게 코치가 다가와 상태를 살폈다. 곧 심상치 않다는 걸 깨닫고는 더그아웃을 향해 손짓을 했다.

모든 사람의 얼굴이 굳어졌다. 부상이라는 걸 직감할 수 있었다. 불펜에 앉아 있던 영웅 역시 걱정스러운 표정으로 그를 바라봤다.

[아—! 박형수 선수의 몸 상태가 심상치 않아 보입니다.]

[햄스트링 부위를 만지고 있네요.]

[전력 질주를 하면서 무리가 왔을까요?]

[그럴 가능성이 높습니다.]

최악에 최악이 더해졌다.

햄스트링 부상은 그 자체로만 놓고 보면 심각하지 않다. 많은 선수가 입는 부상이다. 잘 치료만 하면 후유증도 크지 않다.

문제는 시점이었다.

월드시리즈 7차전. 올해 마지막 경기다. 그 경기를 치르는 와중에 빠져야 된다는 사실이다.

박형수는 누가 뭐라 해도 중요한 전력이다. 3번 타자의 부재는 상상도 할 수 없다.

레온은 초조한 표정으로 보고를 기다리고 있었다.

한참 동안 박형수의 상태를 살피던 트레이너가 고개를 저으며 그를 부축했다.

[아—! 부축을 받으면서 더그아웃으로 돌아갑니다.]

[부상이 큰 것 같습니다.]

[부디 큰 부상이 아니길 바랍니다.]

[아무래도 교체가 될 거 같은데요. 인디언스에서 박형수 선수를 대신할 선수가 누가 있을까요?]

박형수는 물이 올랐다.

타격과 리드 두 가지 면에서 말이다.

정규 시즌도 좋았지만 특히 큰 경기에서 자신의 이름값을 톡톡히 알렸다.

그런 박형수가 전력에서 제외된다. 인디언스로서는 변수이자 큰 타격일 수밖에 없었다.

레온은 걱정스러운 얼굴로 박형수에게 다가갔다. 여전히 고통스러운 표정이었다. 표정만으로도 그가 더 이상 경기를 치를 수 없다는 걸 알 수 있었다.

그래도 실낱같은 희망을 가졌다.

"더 이상 경기는 어렵습니다."

"그렇게 심각한가?"

"지금 상태에서 치료를 하면 보름 정도면 나을 부상입니다. 하지만 무리를 하게 되면……."

뒤의 말은 듣지 않아도 알 수 있었다.

"나가겠습니다!"

박형수가 강하게 말했다. 선수로서는 당연한 의견이었다.

게다가 월드시리즈라는 큰 무대를 뛰고 있었다. 그것도 시리즈 우승을 결정지을 수 있는 최후의 경기였다.

엄청난 아드레날린이 돌면서 흥분 상태가 된다. 이성보다는 본능이 먼저 고개를 치켜든다. 그걸 말려야 되는 게 감독의 책무였다.

"교체다."

"감독님!"

레온은 이미 결정을 내렸다. 그는 고개를 돌려 한 남자를 바라봤다.

"페르나!"

그는 페르나였다.

시즌 중반, 부상으로 엔트리에서 빠졌던 그다. 원래라면 내년 시즌에나 돌아올 계획이었다.

하지만 페르나는 돌아왔다. 포스트시즌에 말이다.

몇 차례 실전을 치렀지만 제대로 된 감각은 돌아오지 않았다. 정확히는 박형수를 누를 정도의 임팩트를 주지 못했다.

당연하게도 레온과 스태프들은 페르나보다는 박형수를 택했다.

페르나 역시 이해했다. 큰 경기들의 연속이었으니 말이다.

그러면서도 자신에게 기회가 찾아오길 기다렸다. 피나는 연습을 하면서 말이다.

그 결과 스태프들에게 믿음을 주었다.

최근 프리 배팅에서는 연달아 담장 밖으로 공을 넘기기도 했다. 부상 이전의 스윙이 돌아왔다고 판단을 내렸다.

그렇기에 레온 역시 과감한 선택을 내릴 수 있었다.

문제는 박형수였다.

그는 여전히 납득하지 못한 표정이었다. 생각보다 경기에 대한 집착이 강한 상황이다. 이럴 때 선수를 안정시키고 납득시키는 것 역시 감독이 해야 될 일이었다.

"박, 여기서 널 무리를 시키면 내년 시즌에 더 힘들어질 수 있다. 그건 팀으로서 매우 큰 손해다. 그렇기에 지금 널 교체할 수밖에 없다."

진심을 담아 상황을 설명했다.

너는 팀에 반드시 필요한 존재라는 걸 상기시켰다.

상대의 진심이 느껴져서일까?

흥분이 점차 가라앉기 시작했다.

"남은 경기는 동료들에게 맡겨라."

박형수가 고개를 끄덕였다.

그라운드에서의 역할은 끝났다. 그렇다고 가만히 있는 건 그의 성미에 맞지 않았다.

"자자! 파이팅! 일단 1점부터 내자!"

박형수는 곧장 응원 모드로 전환했다. 부상을 당했지만 그는 의무실로 가는 걸 거부했다.

비록 경기에서는 빠졌지만 마지막 순간까지 남아 자신의 눈으로 확인하고 싶었다.

월드시리즈의 결과를 말이다.

분위기는 카디널스에게 넘어갔다.

박형수가 놓친 찬스, 그리고 그의 부재는 카디널스가 분위기를 탈 만한 요소를 모두 갖추었다.

마운드 위의 선발 투수의 어깨가 무거워졌다. 점수를 낼 찬스에서 내지 못했기 때문이다.

'내가 막아야 된다.'

분위기를 끊어낼 순간이라는 건 누구나 알 수 있었다.

그게 문제였다.

차라리 미묘한 순간이라면 투수는 알아차리지 못했을 것

이다. 하지만 알아차린 이상 의무감이 어깨를 누르는 건 어쩔 수 없었다.

이런 경우 두 가지 현상이 나타난다.

하나는 의무감에 평소보다 더 좋은 공을 던지는 것이다.

다른 하나는 반대의 경우다.

너무 큰 책임감에 몸이 굳어버리는 투수들도 있었다.

불행하게도 지금은 후자였다.

어깨에 힘이 들어가고 몸은 긴장으로 굳어갔다. 이대로 경기에 들어간다면 제대로 된 피칭이 나오지 않을 게 분명했다.

지금 같은 순간에는 매우 위험한 일이었다.

레온이 막 마운드를 방문하려는 그때.

페르나가 마운드에 올라왔다.

"어깨에 힘이 너무 들어갔다."

단도직입적으로 이야기를 했다. 지금 상황에선 돌려 이야기하는 게 오히려 안 좋은 결과를 나을 수 있다.

페르나는 경험으로 그걸 알고 있었다. 두 사람이 대화를 나누는 모습에 레온 감독은 다시 자신의 자리로 돌아갔다.

'페르나가 중심을 잡아야 된다.'

이제 남은 건 단 5이닝이었다.

선발 투수가 벌써부터 흔들려서는 안 됐다.

'슬슬 체크를 해야겠군.'

한계 투구 수까지 얼마 남지 않았다. 무엇보다 거기까지 던지게 할 생각이 없었다.

어깨에 힘이 들어갔다는 거 자체가 위험신호였다. 페넌트

레이스라면 모를까 월드시리즈 7차전이다. 위험신호를 안고
갈 이유는 없었다.

그는 투수 코치를 불렀다.

"불펜에 연락을 넣어."

"예, 누굴 준비시킬까요?"

잠깐의 망설임.

하지만 이미 결정되어 있는 것과 마찬가지였다.

가장 믿을 수 있는 투수의 이름이 입에서 나왔다.

"강."

"알겠습니다."

투수 코치가 불펜과 연결된 전화를 들었다.

곧 불펜에 지시가 내려졌다.

"강! 슬슬 준비하자."

"예."

영웅이 자리에서 일어났다. 이미 이야기는 끝난 상황이다.

불펜 코치는 사족을 붙이는 대신 그의 옆에 붙었다.

공 하나하나를 유심히 지켜보며 상태를 살폈다.

준비를 시작하자 주변의 팬들이 먼저 눈치를 챘다.

"설마 오늘도 나오는 거야?"

"6차전에서도 던졌잖아?"

"너무 무리시키는 거 아니야?"

팬들이 걱정을 했다. 그만큼 최근 영웅의 등판은 잦았다.

"그래도 지금 이 순간에 믿을 수 있는 건 강밖에 없어."

"그렇긴 해."

영웅에 대한 절대적인 믿음.

그건 동료나 코치진에게만 있는 게 아니었다. 팬들 역시 영웅에 대해 절대적인 신뢰와 믿음을 보여왔다.

"강! 강! 강! 강!"

관중석에서 누군가 영웅을 연호했다. 그것은 곧 다른 사람에게도 전파가 됐다. 순식간에 경기장 전체에 영웅을 향한 응원이 시작됐다.

관중석에서 들릴 정도로 큰 응원 소리에 카메라도 곧 불펜을 비추었다.

[인디언스 불펜에서 강영웅 선수가 준비를 하기 시작합니다.]

[변화를 줄 준비를 하고 있네요.]

기회를 놓친 인디언스다.

레온으로서는 이 순간의 분위기를 바꾸어야 했다.

페르나를 투입하고 영웅을 준비한 이유였다.

오랜만의 시합이지만 페르나는 곧 경기 분위기에 적응해 나갔다.

그는 천재다.

전체의 흐름을 읽고 필요한 것을 캐치해 낸다.

페르나는 투수를 안정시켜가며 리드를 해나갔다.

덕분에 위기는 잠잠해졌다.

분위기를 가져왔지만 카디널스 타선 역시 지치긴 매한가지였다.

페르나는 그 틈을 정확히 찔렀다.

정면 승부보다는 변화구로 타자들의 눈을 현혹했다.

체력이 떨어진 타자들을 상대하는데 가장 적절한 선택이었다.

하지만 임시방편에 불과했다.

제아무리 체력이 떨어졌다지만 빅리그 타자들이다.

언제까지 통할 방법은 아니었다.

무엇보다 투수의 체력이 떨어지고 있었다.

변화구의 각이 밋밋해졌다.

딱-!

타자는 그것을 놓치지 않았다.

날카로운 스윙이 나왔다.

경쾌한 소리의 뒤를 이어 타구가 빠르게 날아갔다.

그 순간 유격수가 몸을 날렸다.

퍽!

[잡았습니다!!]

"우와아아아-!"

관중들이 일제히 환호를 질렀다. 동물적인 반응속도의 뒤를 이어 다이빙캐치가 성공했다.

완벽하게 빠져나갈 공을 잡아냈다.

[이닝 종료됩니다!]

5회가 마무리됐다.

공수 교대가 이루어졌다.

투수 교체를 할 타이밍이었다.

다시 한번 불펜에 연락을 취해 영웅의 상태를 체크했다.

동시에 다른 투수들 역시 준비시켰다.

'이제부터는 불펜 싸움이다.'

경기의 전반전은 끝났다. 선발 투수들은 모두 용맹하게 싸웠다. 스코어보드의 숫자가 0이라는 것이 그 증거였다.

남은 건 지략과 남은 전력으로 최대한 싸움을 이어나가는 것이었다.

'지금 영웅을 올려야 되나?'

레온은 아직 결정을 내리지 못했다.

가장 믿음직한 투수는 분명 영웅이다. 분위기가 넘어가려는 순간 그를 옮기면 분명 흐름을 끊을 수 있다. 그렇기에 준비시켰다.

하나 5회에 넘어가려는 흐름이 끊어졌다.

'지금 올려선 안 돼.'

영웅은 조커다. 언제 올려도 가장 강력한 패가 될 수 있다. 당연히 승부처에 사용해야 했다. 그리고 지금은 그때가 아니었다.

레온은 인내했다. 패배로 이어지면 쏟아질 비난이 어떤 건지 잘 알고 있음에도 불구하고 말이다.

"다음 이닝에 투수를 교체한다."

"영웅을 준비시킬까요?"

"아니, 차엘을 준비시켜."

"예?"

필승조 중에서도 셋업맨을 맡았던 차엘 트리먼.

아직 6회에 그를 올린다는 건 다소 의외의 선택이었다.

1이닝을 충분히 맡길 수 있지만 그는 전형적인 불펜 투수였다. 긴 이닝을 책임질 수 없단 말이다.

말인즉슨 단 6회만 맡긴다는 소리였다.

"알겠습니다."

투수 코치는 금세 레온의 의도를 간파했다. 그 역시 오랜 세월 이 바닥을 굴러왔기에 가능한 일이었다.

불펜에 전화가 걸려왔고 코치는 곧장 차엘을 준비시켰다.

'아무래도 감독님이 선택을 내렸나 보군.'

영웅 역시 의도를 파악했다.

몸은 충분히 풀렸지만 지금 자신이 준비할 때는 아니었다.

그는 연습 투구를 멈추고 다시 의자에 앉았다.

'힘을 비축한다.'

마지막의 순간.

자신이 마운드에 오를 때를 위해서 말이다.

경기는 다시 소강상태가 됐다. 넘어갈 듯하면서도 넘어가지 않았다. 그 이유는 선수들의 집중력에 있었다.

'오늘 경기가 끝이다.'

'1년간의 고생이 오늘 경기로 모두 결정된다.'

월드시리즈 우승을 결정짓는 경기다.

선수들은 모두 이기고 싶었다. 그 어느 때보다 높은 집중력을 유지하는 이유였다.

경기 초반에는 조금 느슨해졌다. 체력이 떨어졌기 때문이다. 그러나 후반이 되자 집중력이 살아나기 시작했다. 정신력이 육체를 이기기 시작한 것이다.

아마 오늘 경기가 끝나면 선수들 모두 몸져누울 것이다. 육체의 한계를 넘어섰기 때문이다.

덕분에 관중들은 그 어느 때보다 경기에 집중하며 환호를 질렀다.

'흐름을 가져와야 된다.'

야구는 살아 있는 생명체다.

박빙의 대결이 이어지다가도 순식간에 점수 차가 벌어진다. 그 순간을 캐치해 내는 게 감독의 일이었다.

하지만 모든 순간을 캐치하지 못한다.

말 그대로 살아 있으니까.

그러나 유능한 감독은 감각적으로 그 순간을 잡아낸다.

'지금이다.'

7회 초.

카디널스의 감독은 지금이 적기라고 판단했다.

6회에 두 팀의 마운드가 모두 바뀌었다.

각자 승리조를 투입했다. 다른 점은 인디언스가 셋업맨을 넣었다는 것이다.

'레온은 6회가 승부처라 판단을 내렸다.'

덕분에 보류를 해야 했다. 승부의 패를 던지는 걸 말이다. 인내를 하고 기다렸다. 완벽한 기회가 찾아오길.

7회가 되었을 때 인디언스의 마운드는 다시 한번 바뀌었다.

차엘은 기본적으로 단거리 선수다.

1이닝은 완벽히 막아낼 수 있지만 그 이상은 무리다.

예상은 정확했다. 상대의 패를 읽는다는 건 매우 중요했다. 그에 따른 전략을 짤 수 있으니 말이다.

'예상대로 로렌조가 나왔다.'

로렌조는 인디언스 불펜의 한 축을 맡는 선수다.

작년부터 올해까지 2년 동안 승리조를 맡았다. 프로 데뷔 이후 7년간 불펜에서만 뛴 완벽한 불펜 요원이었다.

월드시리즈의 경험도 가지고 있다.

적절한 선택이다.

문제는 패를 읽혔다는 점이다.

[인디언스는 마운드가 교체됩니다. 6회를 훌륭히 막은 차엘 투수가 내려가고 로렌조 선수가 올라옵니다.]

[이제부터는 쪼개서 상대 타선을 틀어막겠다. 이런 계산으로 보입니다.]

[하지만 경기가 연장으로 간다면 이 선택이 독이 되지 않을까요?]

[그럴 가능성이 높습니다. 그러나 아직까지는 인디언스가 유리합니다. 6차전에서 카디널스는 불펜을 소모했지만 인디언스는 아꼈으니 말입니다.]

[아-! 여기서 카디널스도 변화를 줍니다.]

7회 초.

선두 타자는 9번 타자였다. 변화를 주기에 가장 좋은 상황이었다.

[새로운 바람을 주기에 좋은 타이밍입니다.]

[타석에 좌타자 빈 하워드 선수가 들어섭니다.]

[올 시즌 데뷔한 카디널스의 유망주네요. 데뷔 시즌이지만 주목할 성적을 냈었죠?]

[그렇습니다. 52경기에 출전해 153타석을 소화했습니다. 타율은 2할 5푼 2리, 홈런은 11개를 때려냈었죠.]

유망주의 첫해 성적은 큰 의미가 없다. 중요한 건 경험을 축적하는 것이다.

그래서 하워드를 포스트시즌 엔트리에 포함시켰다.

팀과 동행을 하며 경험을 쌓았다. 하지만 단지 그 이유만은 아니었다.

월드시리즈에 그를 후보군에 집어넣었다. 언제든지 전력으로 써먹을 수 있게 말이다.

바로 지금 이 순간을 위해서.

[빈 하워드 선수의 기록을 보면 눈에 띄는 부분이 있네요.]

[어떤 부분이죠?]

[로렌조 선수와 자주 마주쳤습니다. 총 4번을 상대했어요.]

4번의 맞상대.

적은 숫자라고 생각할 수도 있다.

그러나 불펜 투수, 데뷔 시즌 타자라면 이야기는 달라진다.

거기에 불펜 투수가 승리조이고 1이닝을 전담하는 투수라면 이야기는 더더욱 달라진다.

마지막으로 리그까지 다르다면?

1년이 아니라 10년이 지나도 상대하지 않을 가능성도 있다.

그런데도 4번을 만났다.

이는 분명 이유가 있었다.

[4번 중 하워드 선수는 2개의 안타를 때려냈는데 그 안타가 모두 홈런이었습니다.]

대단한 기록이었다. 11개의 홈런 중 2개를 로렌조에게서 뺏어낸 거다. 데뷔 시즌의 선수라면 자신감이 쌓일 수밖에 없었다.

타석에 선 하워드의 입가에 미소가 그려졌다.

'중요한 순간이다.'

데뷔 시즌이라 해도 그건 알고 있었다.

월드시리즈라는 큰 무대. 그 중압감마저 즐기는 그였다.

'이번 기회를 살려야 돼.'

팀에서 자신에게 거는 기대를 알고 있었다.

5년 전, 그는 드래프트 4순위로 카디널스와 계약을 했다. 그것만으로 모든 설명이 됐다.

기회를 잡았으니 놓치고 싶지 않았다.

'저 새끼는 내 밥이야!'

로렌조를 무시하는 건 아니다. 그는 분명 좋은 투수다. 하지만 자신에게만은 아니었다.

일명 천적 관계.

메이저리그만이 아니라 모든 스포츠에서 종종 있는 일이다.

뛰어난 선수가 예상치 못한 곳에서 발목을 잡힌다. 이후 유독 그 상대에게 약한 모습을 보이게 된다.

로렌조와 하워드의 관계가 딱 그랬다.

페르나 역시 잘 알고 있었다.

'조심히 가야 돼.'

초구부터 변화구를 유도했다. 상대의 반응을 보기 위함이다.

퍽-!

"볼!"

반응은 없었다.

'패스트볼을 노리는 건가?'

가능성은 높았다.

상대는 신인이다. 월드시리즈라는 큰 무대에서 이것저것 노리진 않을 거다. 선택의 폭을 좁힐 가능성이 있었다.

'반응을 보자.'

손을 움직여 사인을 보냈다. 코스는 무릎 높이로 들어오는 매우 낮은 곳이었다.

구종은.

패스트볼이었다.

그것도 전력투구였다.

만약 패스트볼을 노린다면 이번에 때릴 것이다. 그럼 딱 계획대로다. 낮은 코스에 구속이 빠른 공이다. 정타를 하기 매우 어렵다.

만약 정타를 친다 해도 장타는 나오지 않는다.

여러 계산이 깔린 1구였다.

쐐애애액-!

[2구 던졌습니다!]

공이 로렌조의 손을 떠났다. 원하는 코스로 정확히 날아왔다. 페르나는 이것으로 하워드가 노리는 걸 간파할 수 있을 거라 판단했다.

하지만 한 가지 간과한 부분이 있었다. 바로 하워드가 때려낸 2개의 홈런, 그 당시의 구종이었다.

당연한 일이었다.

하워드는 올 시즌 데뷔를 했다. 페르나는 윈터리그가 시작되기 전 부상으로 엔트리에서 빠졌다.

즉, 두 사람의 대결을 직접적으로 보지 못했다는 뜻이다.

그게 패착이었다.

딱―!

하워드의 스윙이 매섭게 돌아갔다. 정확한 순간에 타격이 이루어졌다.

'이런!'

하워드가 로렌조에게 때려낸 2개의 홈런. 그때 던졌던 공들은 모두 패스트볼이었다.

한 가지 다행인 점은 페르나가 요구한 코스였다. 만약 높거나 외곽으로 빠지는 코스였다면 담장을 넘었을 거다. 하지만 낮게 요구했기에 공은 좌중간을 가를 뿐이었다.

퍽!

담장을 원 바운드로 때린 공이 중견수의 글러브에 들어갔다. 이후 중계플레이가 이루어졌다.

그사이 로렌조는 2루 베이스에 들어갔다.

'실망하는 표정이군.'

홈런을 노렸으니 당연한 일이었다. 사실 2루타만으로도 충분히 성공한 것이다. 실제로 레온 감독이 마운드를 방문하게 만들었으니 말이다.

"미안하다."

레온이 도착하기 전.

마운드에 오른 페르나가 사과를 했다.

자신의 실수였다. 하워드와 로렌조의 관계를 미리 알았어야 했다. 데이터를 더 수집을 했어야 된다. 그러나 로렌조는 그를 탓하지 않았다.

"네 탓이 아니야. 너는 부상으로 나와 저 녀석의 관계를 모르고 있었다. 그리고 오히려 내가 미안하다."

"응?"

"네가 패스트볼을 요구했을 때, 욕심이 생겼다. 저 햇병아리 녀석을 눌러 버리고 싶은 욕심이 말이야."

만약 로렌조가 거부했다면?

페르나는 다른 공을 요구했을 거다. 하지만 로렌조는 거부하지 않았다. 욕심 때문이었다.

"그렇게 말해주니 고맙다."

"내 역할은 아무래도 여기까지인 거 같네."

레온이 마운드에 도착했다.

"고생했다."

"죄송합니다, 감독님. 제 역할을 끝까지 해내지 못했습니다. 게다가 팀에 위기까지……."

"괜찮아. 나머지는 저 녀석에게 맡기자고."

레온이 불펜에서 나오는 한 남자를 가리켰다. 그를 보자 로렌조 가슴 한편을 누르고 있던 자책감이 사라졌다.

"그렇군요. 저 녀석이라면 안심이네요."

로렌조가 레온에게 공을 건넸다.

"들어가서 편히 보고 있어라."

고개를 끄덕인 로렌조가 마운드를 내려가자 때마침 새로운 투수가 마운드에 올라왔다.

"와아아아아아–!!!"

사방에서 함성이 쏟아졌다.

"강! 강! 강! 강!!"

영웅의 등판이었다.

좋은 상황은 아니었다.

노아웃 2루의 상황.

"하워드는 발이 빠르다. 단타라도 홈에 들어올 수 있는 주력이야."

레온이 간단하게 주지시켰다. 부담이 될 수도 있지만 확실한 정보는 필요했다.

영웅과 페르나가 고개를 끄덕였다.

"부탁한다."

"예."

영웅은 짧게 대답했다. 그것만으로도 강한 믿음이 느껴졌다.

감독이 마운드를 비우자 페르나가 입을 열었다.

"오랜만이네. 너와 호흡을 맞추는 게 말이야."

"잘 부탁한다."

"나야말로 잘 부탁한다."

미트로 가볍게 영웅의 가슴을 툭 쳤다. 일종의 버릇이었다. 그제야 페르나가 돌아왔다는 게 느껴졌다.

반년 동안 비운 자리이지만 언제나 가슴 한편에 페르나가 있었다. 메이저리그 데뷔 이후 줄곧 호흡을 맞춰왔다. 박형수가 편하다고는 하나 페르나에 비할 바가 아니었다.

"후우……."

홀로 마운드에 남은 영웅이 크게 한숨을 내쉬었다. 눈을 감고 심호흡을 크게 했다. 곧 호흡이 규칙적으로 이어졌다. 다시 눈을 떴을 때 그는 전투 모드로 돌입했다.

[강영웅 선수, 6차전에 이어 7차전에서도 마운드에 올랐습니다.]

[위기 상황이기에 강영웅 선수를 올릴 수밖에 없었습니다.]

마무리 투수가 남아 있다. 그럼에도 영웅을 올렸다. 곧 영웅이 더 신뢰를 받는단 이야기였다.

그렇다고 해서 불만을 가지는 선수는 없었다. 그동안 보여주었기 때문이다. 성적으로 말이다.

'패스트볼.'

페르나가 빠르게 사인을 냈다.

영웅이 고개를 끄덕였다.

"후우……."

큰 심호흡을 뱉는 그를 바라보는 시선이 있었다. 하워드였다.

그는 2루타를 친 것이 안타까웠다.

'만약 홈런이었다면 내게 스포트라이트가 쏟아졌을 텐데.'

유망주로 구단에 입단했다고 하나 그는 신인이다. 기나긴 마이너리그 생활을 지내왔다. 관심이 고팠고 사람들의 함성이 그리웠다.

그러던 찰나 월드시리즈라는 최고의 무대에 올라왔다. 당연하게도 상기될 수밖에 없었다.

욕심도 났다. 박빙의 경기를 끝낼 수 있는 점수를 올린다면 쏟아질 스포트라이트가 말이다.

단지 그것만이 아니다.

'눈도장을 확실히 찍으면 내년 시즌도 빅리그에서 시작할 수 있어.'

물론 실패에 대한 페널티도 머리에 아른거렸다. 하지만 성공에 대한 보수가 너무나 좋았다.

'리드를 조금만 늘리자.'

단타라도 때려주면 바로 홈에 들어갈 수 있게끔 말이다.

평소보다 반 발자국 더 리드를 늘렸다. 이 정도라면 어떤 투수가 견제구를 던지더라도 돌아갈 자신이 있었다.

'유격수도 제자리에 있…….'

"돌아가!!"

그때 멀리서 외치는 소리가 들려왔다. 소리가 들린 곳으로 고개를 돌렸을 때, 베이스로 들어오는 2루수가 보였다.

"헉!"

뒤이어 마운드 위의 영웅이 몸을 회전시켰다.

간결하면서도 빨랐다.

군더더기 없는 움직임으로 들고 있던 공을 뿌렸다.

쐐애애액-!

하워드가 다급히 귀루를 했다. 하지만 공이 더 빨랐다.

픽!

공을 포구한 2루수가 곧장 하워드의 어깨를 태그했다.

"아웃!"

[견제사입니다! 하워드 선수를 아웃시키는 멋진 견제가 나왔습니다!]

[약속된 플레이로 보입니다. 유격수는 제자리를 지켰고 2루수가 베이스커버를 들어갔습니다. 이건 미리 연습하지 않았다면 나올 수 없는 플레이였습니다.]

[하워드 선수의 리드도 조금 길었죠?]

[예, 아무래도 단타에도 홈을 노리겠다는 욕심으로 보였습니다. 그 순간을 놓치지 않은 강영웅 선수와 내야수들의 호흡이 돋보였습니다.]

하나의 아웃카운트를 얻었다. 주자도 사라졌다. 부담감이 완전히 사라졌다.

[강영웅 선수, 초구 던집니다!]

"흡!"

기합 소리가 터질 정도로 전력을 다했다.

마지막 경기다.

더 이상 뒤를 볼 필요가 없었다.

쐐애애애애액—!

그의 손을 떠난 공이 매서운 소리를 토해냈다.

굉장한 스피드였다.

퍼엉—!

타자가 미처 반응하지 못했다.

그만큼 구속이 빨랐다.

"스트라이크!!"

페르나가 요구한 곳에 정확히 꽂혔다. 구속과 정확도 모두를 갖추었다.

'초구부터 97마일이라니.'

타자의 입장에선 난감했다. 구속은 97마일이지만 더 빨라 보였다. 특히 낮은 코스로 들어오는 게 까다로웠다.

'이런 공은 때려도 그라운드볼이다.'

만약 그렇게 되면 최악이다. 어떻게든 주자를 쌓아야 된다. 욕심을 버렸다. 정확성을 높이기 위해 배트도 짧게 쥐었다. 팔로우도 최소한으로 줄였다. 정확하게 공을 맞히기 위한 모든 노력을 기울였다.

하지만.

영웅의 공은 그런 방식으로 때릴 수 없었다.

딱—!

"파울!"

[타구가 3루 관중석에 떨어집니다!]

분명 패스트볼의 궤적을 그렸다. 그런데 마지막에 공이

휘면서 떨어졌다. 어긋난 궤적으로 제대로 된 타격은 실패했다.

'망할!'

볼카운트가 몰렸다. 이제 마음속에 여유는 사라졌다.

이제부터는 살아남아야 된다.

살아나가지 못하더라도 동료들을 위해 영웅의 체력을 갉아먹어야 했다.

'2개 연속 패스트볼이다. 3개 연속은 아닐 거야.'

그러면서도 마음 한편이 불안했다.

'혹시라는 게 있다.'

만약의 경우를 대비해 패스트볼에도 대비를 했다.

타자가 자세를 잡는 걸 확인한 페르나가 사인을 냈다.

'패스트볼.'

3구 연속 패스트볼이었다. 영웅의 장점을 확실하게 살리겠다는 뜻이었다.

'코스는 몸 쪽, 그리고……'

마지막으로 하나의 주문을 더 했다. 고개를 끄덕인 영웅이 와인드업에 들어갔다.

발을 내디디고 허리를 회전시켜 전신의 힘을 증폭시켰다. 그렇게 커진 힘을 손끝에 집중시켰다.

"츠앗!"

기합 소리와 함께 손에서 공이 떠났다.

'몸 쪽!'

그것도 꽤 깊었다.

쳐서는 안 된다.

아니, 애초에 볼이 될 코스였다.

그렇게 판단을 내리고 배트를 쥔 손에 힘을 풀었다.

그 순간이었다.

공이 마치 뱀처럼 휘어서 스트라이크존으로 들어갔다.

퍽!

"스트라이크! 아웃!"

테일링 무브먼트.

수직이 아닌 수평으로 변하는 움직임이었다.

투심 패스트볼과 같다고 할 수 있지만 영웅은 투심이 아닌 포심의 실밥을 잡고 던졌다.

손목과 손끝의 미세한 조절로 무브먼트를 강제로 바꾼 것이다.

그 결과 투심 패스트볼보다 변화가 늦었다. 타자가 판단을 내린 뒤에 변화가 일어나기 때문에 스탠딩 삼진을 당할 수밖에 없었다.

[투 아웃입니다! 이제 남은 아웃카운트는 단 7개입니다!]

"강! 강! 강! 강! 강!"

프로그레시브 필드가 떠들썩해졌다.

세 개의 아웃카운트.

그것을 잡는 데 필요한 투구 수는 단 5개였다.

묘한 흐름이 단숨에 끊어졌다. 카디널스 입장에서는 굉장히 아쉬운 순간이었다.

'1점만 났더라도……'

그 점수를 막아낼 투수들이 불펜에서 기다리고 있었다.

득점도 내지 못한 상황.

그렇다고 투수들을 아낄 수도 없었다.

좋은 흐름이 끊어지면 곧 위기가 찾아온다. 그 사실을 알기에 카디널스로서도 투수를 다시 한번 바꿀 수밖에 없었다.

'균형이 언제까지고 이어질 리는 없다.'

0 대 0이란 아슬아슬한 스코어.

미묘한 균형이 잡혀 있지만 순식간에 기울어질 수도 있다.

그것을 막기 위해서는 투수를 바꾸어야 했다.

[카디널스도 새로운 투수가 마운드에 오릅니다.]

[양 팀 모두 필승조 투수들을 투입하면서 상대 타선을 막겠다는 의지를 보여주고 있네요.]

모든 걸 걸었다.

연장전까지 간다면 기존 선발 투수들까지 투입할 기세였다. 실제 양 팀 불펜에는 동원할 수 있는 모든 투수가 대기 중이었다.

월드시리즈 7차전.

더 이상 뒤를 볼 여유가 없었다. 그건 선수들 역시 마찬가지였다.

'제길…… 발가락이 다시 부어오르고 있어.'

'물집이 터진 건가?'

온전한 몸 상태의 선수는 없었다. 경기 도중 몸이 이상 신호를 보내고 있었다.

하지만 그걸 스태프들에게 이야기하는 선수는 단 한 명도 없었다. 스태프들 역시 알면서 묵인했다.

웬만큼 큰 부상이 아니고서는 지금 시점에 그들을 바꾸는 건 멍청한 짓이었다.

월드시리즈 우승은 그만큼의 무게감이 있었다.

'통증이 다시 찾아오는군.'

영웅 역시 통증을 견디면서 경기에 뛰고 있었다.

부위는 옆구리였다. 와인드업을 할 때마다 바늘로 찌르는 듯 고통이 찾아왔다.

'아직은 힘을 제대로 쓸 수 있다.'

고통은 정신력으로 짓누른다.

그것만이 지금 시점에서 할 수 있는 일이었다.

인디언스도 점수를 내지 못했다. 하위 타선이었으니 당연하다고도 할 수 있었다.

그러나 아쉬운 건 어쩔 수 없었다.

8회.

영웅은 다시 한번 마운드에 올랐다.

다이내믹한 와인드업과 함께 뿌려진 공이 미트와의 공간을 가로질렀다.

뻐엉-!

"스트라이크!! 배터 아웃!"

[삼진입니다! 오늘 경기 2번째 탈삼진을 잡아냅니다!]

최고 구속 98마일.

2경기 연속 등판이 무색할 정도의 구속과 구위였다.

무브먼트 역시 최고 수준이었다. 육체적으로는 지쳤으나 정신이 부족한 부분을 채웠다. 감각은 날카로워져 공을 놓는 위치나 긁는 감각 역시 어느 때보다 좋았다.

따악-!

[타구 높게 뜹니다! 중견수 일찌감치 자리를 잡습니다!]

퍽!

"아웃!"

[안정적으로 두 번째 아웃카운트를 잡아냅니다!]

[하이 패스트볼에 배트가 허무하게 돌았습니다. 저런 공은 쳐도 멀리 보낼 수가 없어요.]

커맨드 역시 완벽했다.

타자를 상대하면서 페르나는 빠르게 실전감각을 찾았다. 특히 타자의 움직임을 캐치해내 영웅을 리드했다. 두 사람의 캐미는 서로의 능력을 더욱 상승시켜 주는 효과를 낳았다.

뻐엉-!

"스트라이크!!"

[슬라이더가 기가 막히게 꺾입니다! 존 안으로 들어오는 공이었지만 미처 대응하지 못합니다!]

"후우…… 후우……."

공은 여전히 강력했다. 하지만 마운드 위의 영웅은 평소와 달랐다.

'힘들어 보이는군.'

가장 먼저 눈치를 챈 건 페르나다. 연투였으니 당연한 일일수도 있다. 그러나 영웅이 내색을 한다는 점에서 잘못됐다는 걸 캐치했다.

'빨리 점수를 내야 된다.'

감독의 입장에선 영웅을 내리기 쉽지 않다. 마무리 투수가 있지만 어디까지나 마지막 카드로 남겨두고 싶을 것이다.

영웅이 최대한 끌어줘야 된다. 그렇게만 되면 인디언스가 유리한 쪽으로 경기는 흐른다.

'연장전까지 생각하고 있겠지.'

거기까지 영웅이 던지게 해서는 안 된다. 어떻게든 끝내야 했다. 이 시리즈를 말이다.

'다음 타석……'

8회 말, 페르나에게 기회가 찾아온다. 그 순간을 놓치고 싶지 않았다.

딱-!

"파울!"

[이번 공은 조금 위험했습니다.]

[변화가 밋밋했어요.]

[아직은 괜찮습니다. 이번 이닝만 잘 막아주면 돼요!]

통증이 심해졌다. 그로 인해 공을 놓는 포인트가 빨라졌다. 포인트가 달라짐으로 인해 공을 긁는 정도나 제구력도 떨어졌다.

'제길……'

얼굴이 일그러졌다. 고통으로 인해서가 아니다. 고작 이 정도의 일로 흔들리는 자신에게 화가 나서다.

'참아라!'

이를 악물었다.

스스로를 다독였다.

우승이 코앞이다. 자신의 손으로 그것을 망칠 순 없었다.

으득!

어금니가 갈리면서 묘한 소리를 냈다. 영웅의 얼굴에 독기가 서렸다. 평소와 달라진 기세에 타자가 움찔 놀랄 정도였다.

"1구에 모든 걸 담아라."

잭의 말이 떠올랐다.

"야구를 하다 보면 정말 힘든 순간이 찾아온다. 그때는 뒤를 생각하지 마. 너의 모든 걸 공 하나에 담아서 던져라."

그의 말을 되씹으며 와인드업을 했다.

상체를 비틀자 통증이 더욱 심해졌다.

'공에 모든 걸 집중해라. 고통을 참아내!'

이 1구에 모든 걸 건다. 집중력을 끌어올려 공을 잡은 손에 모든 감각을 집중시켰다.

놀랍게도 통증이 점점 사라졌다. 정확히는 모든 신경이 손끝에 집중이 되어 통증을 느끼지 못하게 된 것이다.

"후우―!"

크게 한숨을 내쉰 영웅이 비틀림을 풀었다. 동시에 발을 내디디며 있는 힘껏 팔을 휘둘렀다.

쐐애애애액―!

손끝을 떠난 공이 매섭게 회전을 시작했다.

타자의 집중력도 최고조에 올랐다. 직전의 공을 아슬아슬하게 놓치면서 악에 받쳤다.

동시에 자신감도 생겼다. 너무 일찍 배트를 당겨서 파울이 됐지만 타이밍은 완벽했다.

'이번에는 때려낸다!'

영웅이 패스트볼을 던질 것이라 판단했다.

직전의 공이 실투였기 때문이다. 실투였던 변화구를 다시 한번 택하는 모험은 하지 않을 것이다.

추리는 완벽했다.

날아오는 공은 패스트볼의 궤적을 그렸다.

'변화가 있겠지만…….!'

그것까지 감안하고 배트를 휘둘렀다. 간결하면서도 직선적인 스윙이 나왔다. 맞기만 한다면 정타가 될 가능성이 높았다.

그때였다.

휘릭―!

공이 변화를 일으켰다. 대비를 했기에 스윙의 궤적 역시 바꿀 수 있었다.

높게 떠오르는 공의 궤적과 맞춰 스윙에 변화를 주었다.

'어?!'

그런데 공이 떨어지지 않았다. 오히려 살짝 떠오르는 느낌이 들었다.

무엇보다 타이밍이 갑자기 어긋났다. 중간에서부터 공에 속도가 붙은 듯 어느새 지척까지 다가왔다.

'제길!'

급하게 상체를 돌렸지만 이미 늦었다.

뻐엉-!

굉장한 소리가 귓가를 때렸다.

부앙-!

뒤이어 배트가 허무하게 허공을 가로질렀다. 얼마나 힘을 주었는지 균형마저 무너질 정도였다.

"큭!"

"스트라이크! 아웃! 체인지!!"

[삼진입니다! 세 번째 타자를 삼진으로 돌려세우는 강영웅 선수! 구속이 무려 101마일이 찍혔습니다!]

위기의 순간. 영웅은 모든 힘을 끌어올렸다. 그 결과 자신의 최고 구속에 버금가는 속도가 나왔다. 연투를 한 상황에서 말이다.

그에게 쏟아지는 함성은 그야말로 대단했다. 사람들이 기립해서 박수를 보냈다.

커튼콜이었다. 아직 강판이 확정된 것도 아님에도 불구하고 말이다.

"고생했다."

레온이 그에게 말했다.

영웅은 작게 고개를 끄덕이고 벤치에 앉아 휴식을 취했다. 집중력이 흐트러지자 다시 통증이 시작됐다.

레온도 이제 눈치를 챘다.

'더 이상은 무리다.'

한계점에 달한 영웅을 계속 기용하는 건 멍청한 짓이었다.

'이번 이닝에 모든 걸 건다.'

연장전까지 바라볼 생각이었다. 하지만 본능이 말해주고 있었다.

여기가 승부처다.

9번 타자부터 타순이 시작된다. 좋다고 할 수도 나쁘다고 할 수도 없었다. 만약 출루에 성공한다면 상위 타순으로 이어지니 말이다.

'기다릴 순 없지.'

레온은 승부수를 던졌다.

타자를 교체했다.

더그아웃으로 돌아온 영웅에게 레온이 다가왔다.

"수고했다."

교체라는 말을 돌려서 이야기했다.

영웅도 알고 있었다. 자신의 몸에 한계가 온 것을 말이다. 더 이상 던진다는 건 자신의 몸에도 그리고 팀에도 폐가 될 뿐이었다.

"그래도…… 준비는 하고 있겠습니다."

그 말이 무슨 뜻인지 알고 있었다.

8회 점수가 나면 순순히 교체를 하겠다. 하지만 점수가 나지 않는다면 자신이 한 번 더 나가겠다.

그런 의미였다.

연장전까지 가게 되면 마무리 투수를 아껴야 된다. 어떻게든 지금의 투수로 이어 나가는 게 유리하니 말이다.

거기까지 생각하는 영웅이 대견스러웠고 고마웠다.

"일단 부상 부위부터 트레이너에게 보여줘라."

"……예."

곧 트레이너가 다가왔다.

"잠깐 볼게요."

영웅은 순순히 웃옷을 벗어 부상을 보여주었다.

옆구리, 정확히는 갈비뼈 아랫부분이 검은색으로 변해 있었다. 피멍이 든 것이다.

'이런 상황에서 100마일의 공을 던졌다고?'

믿기지 않았다. 눈대중으로 보았을 때 근육에 무리가 간 듯했다.

최악의 경우 근육 파열이다. 이런 상황에서는 조금만 움직여도 극심한 고통이 찾아온다.

"지금 상황에서 할 수 있는 건 응급조치입니다. 빨리 병원에⋯⋯."

"경기가 아직 안 끝났습니다. 더 던질 수도 있으니 꽉 동여매 주세요."

더 던진다는 말에 숨이 턱 막혔다. 이런 몸 상태로 공을 더 던지다가는 망가질 게 분명했다. 아니, 이미 망가졌을 수도 있다.

하지만 영웅은 신경 쓰지 않았다. 팀의 우승을 위한 열망만이 가득했다.

트레이너는 영웅이 원하는 대로 응급조치만 단단히 했다. 그러고는 레온 감독에게 다가갔다.

"어때?"

"꽤 심합니다. 정밀진단을 받아야 돼요. 하지만 본인이 더 던지겠다고 합니다. 의지가 강해요."

"제길⋯⋯."

책임감이 강한 선수, 평소에는 감독에게 큰 힘이 된다.

특히 에이스라면 더더욱 그렇다.

그러나 이런 순간에는 예외다. 반드시 쉬어야 됨에도 불구하고 영웅은 책임감에 계속 던지겠다고 한다.

올해만 끝이 아니다.

내년도 있다. 한데 영웅은 마치 오늘만 사는 사람 같았다.

문제는 감독의 입장에서 이제 그를 말려야 될 시점이었단 것이다.

'어떻게 하지?'

레온이 고민을 하고 있을 때.

대기 타석에서 준비하고 있는 파비오에게 페르나가 다가
갔다.

"영웅이 부상을 입은 거 같다."

"뭐? 그게 정말이야?"

"그래, 꽤 심각한가 보던데. 아직도 자기가 나가겠다고 고
집을 부리는 거 같더라."

파비오의 얼굴이 굳어졌다.

"부탁 하나만 할게."

"부탁?"

"출루만 해라. 그럼 나한테까지 기회가 온다."

페르나의 타순은 3번이다. 박형수와 교체를 했으니 말
이다.

파비오는 9번이다. 만약 삼자범퇴가 되면 페르나는 9회에
나 나갈 수 있다.

"네가 나가주기만 하면…… 내가 불러들인다."

페르나의 말에는 강한 의지가 담겨 있었다.

"자신 있지?"

"걱정 마라."

파비오가 고개를 끄덕였다. 영웅이 저렇게 자신을 희생
하고 있었다. 동료로서 미안하고 고맙지 않으면 인간이 아
니다.

"내 목숨을 걸고 살아나가마."

파비오가 이를 악물며 타석으로 걸어갔다.

각오를 다진 사람은 무섭다. 파비오는 자신이 한 말을 지켜냈다. 평범하게 살아서 베이스에 나간 게 아니었다.

[다시 한번 보시죠.]

방금 전 상황이 리플레이가 됐다.

투수가 공을 놓았다. 한데 방향이 이상했다. 미트로 향하지 않고 타자 쪽으로 향했다. 실투라는 걸 처음부터 알 수 있었다. 여러 요인으로 나온 공이었다.

피하면 그만이었다. 패스트볼이긴 했지만 이 정도의 공을 피하는 반사신경은 대부분 선수가 가지고 있다.

민첩한 파비오라면 피하고도 남았다. 한데 그러지 않았다. 마치 오라는 듯 몸을 돌리면서 공을 그대로 맞았다.

뻐억―!

굉장한 소리가 카메라를 통해 전달됐다. 극심한 통증이 있는 듯 파비오도 그 자리에 주저앉았다.

트레이너가 급하게 달려 나왔다.

"괜찮나?!"

질문을 하면서 파비오를 살폈다.

처음에는 공을 맞은 부위를 보고는 파비오의 얼굴을 살폈다.

한데 그가 웃고 있었다.

"괜찮습니다. 나갈 수 있어요."

베이스로 걸어가는 파비오를 보며 트레이너는 황당한 표

정을 지었다.

분명 아플 거다. 그런데 웃으면서 베이스로 나가고 있었다.

'설마 일부러 맞은 건가?'

그럴 가능성이 높았다. 못 피할 공이 아니었으니 말이다.

베이스를 밟은 파비오가 더그아웃을 향해 가볍게 주먹을 쥐었다. 그 모습을 본 페르나가 크게 한숨을 내쉬었다.

'자식! 자기가 내뱉은 말은 반드시 지키는군.'

이제는 자신의 차례였다.

반드시 녀석을 불러들일 것이다.

팀을 위해서, 그리고 동료를 위해서.

[투 아웃에 주자 2루에 위치해 있습니다.]

[노 아웃에 주자가 나갔지만 하나의 베이스를 진루시키는 것에 그쳤습니다.]

[아쉽네요.]

[카디널스의 투수 교체가 적절했다고 볼 수 있습니다. 8회에만 세 명의 투수가 등판을 했으니까요.]

배수의 진.

사생결단.

모든 걸 걸었다.

양 팀 모두 말이다.

[타석에는 페르나 선수가 들어섭니다.]

[복귀 이후 타격에서는 별다른 활약을 보여주지 못했던 페르나 선수입니다.]

[교체도 생각해 볼 수 있지 않을까요?]

[그럴 가능성도 있습니다.]

하지만 레온은 교체라는 카드를 꺼내지 않았다. 페르나를 믿기 때문이다.

비록 복귀 이후 성적이 좋지 않다고는 하나, 그를 교체할 수 없었다.

'위기의 순간 한 방을 해줄 선수다.'

페르나는 스타였다. 또한 스타 기질도 가지고 있었다. 위기의 순간 팀을 구하는 그런 모습 말이다.

무엇보다 본인의 의지가 강력했다.

대기 타석에서도 투수의 타이밍에 맞춰 배트를 돌리고 있었다.

평상시와 같았지만 그 기세는 달랐다. 무언가 사고를 칠 것만 같았다.

이건 감이었다.

레온은 자신의 감을 믿었다. 지금은 이성적인 부분과 데이터가 아닌 본능을 믿어야 할 때였다.

[페르나 선수 타석에 들어섭니다.]

타석에 선 페르나가 투수를 노려봤다. 그의 눈빛에서는 살기마저 아른거렸다.

투지로 불타는 모습이었지만 투수 역시 노련한 베테랑이었다.

그 정도에 기가 죽지 않았다.

'1루가 비어 있으니 굳이 승부를 하지 않아도 되고 말이야.'

하지만 벤치의 생각은 달랐다.

'페르나와 상대를 해야 된다.'

데이터상으로 페르나가 더 쉬운 상대였다. 다음 타자는 이번 시즌 좋은 활약을 펼쳐 왔다.

이번 이닝의 마지막 타자는 페르나가 되어야 될 이유였다.

'승부를 해.'

사인이 나오자 포수가 사인을 냈다.

'의욕이 넘치니 변화구로 슬슬 유인하자고.'

'그래.'

투수도 동의했다.

[1구 던집니다.]

퍽—!

"볼!"

[커브를 잘 골라냅니다.]

[각도가 좋았는데 페르나 선수가 침착하게 잘 골라냈어요.]

[2구 던집니다.]

퍽!

[배트 나가다 멈춥니다! 판정은……!]

"볼!"

[볼입니다!]

[컷패스트볼이었는데 무척 예리한 각이었습니다. 잘 참아냈네요.]

[좋은 볼카운트를 얻어낸 페르나 선수입니다.]

타석에서 물러나는 페르나를 보며 투수의 얼굴이 일그러졌다.

좀처럼 낚이지 않았다.

'이렇게 되면 정면 승부를 해야겠어.'

자신에게는 빠른 패스트볼이 있다. 이제 복귀한 페르나가 노리기에는 다소 어려운 공이었다.

반면 페르나는 다른 생각을 하고 있었다. 정확히는 생각을 정리하고 있었다.

'저 녀석 움직임이 조금 이상한데?'

페르나의 시선이 닿는 곳에는 하워드가 있었다. 대타로 출전했던 그는 수비에서도 교체되지 않고 자리를 지키고 있었다.

하워드의 포지션은 2루수였다. 신인이지만 꽤 노련한 수비를 보여주는 평가를 받았다.

'뭔가 긴장한 얼굴이야.'

움직임 역시 그랬다. 2구에서 배트를 내밀었을 때 반응속도가 느렸다. 마치 딴생각을 하다 움직이는 사람 같이 말이다.

'아하……'

대충 알 수 있었다. 그가 왜 저런 움직임을 보이는지 말이다.

하워드는 자신의 실수로 인해 객사를 당했다. 그 기억이 아직까지 머리에 남아 있는 것이다.

평소라면 아닐 것이다. 하지만 지금은 월드시리즈다. 그것도 시리즈의 우승 팀을 결정짓는 7차전에 나온 결정적 실수였다.

머리에 남아도 이해가 됐다. 문제는 그걸 자신에게 들켰다는 것이다.

'결정했다.'

다시 타석에 들어선 페르나의 눈이 빛났다.

[3구 던집니다!]

투수가 던질 공은 무엇인지 알고 있었다.

패스트볼.

그것도 존에 들어오는 공일 것이다.

'지금 상황에서 던질 수 있는 공은 한정적이니까.'

상대가 던질 수 있는 구종, 비율, 선호도 등을 알면 쉽게 유추해 낼 수 있다.

문제는 그걸 때려낼 수 있느냐는 것이다.

페르나는 집중력을 끌어올렸다.

'이번 한 번에 모든 걸 걸어라.'

큰 걸 바라는 게 아니었다.

단지 1점.

그것만이 페르나가 원하는 것이었다.

투수가 세트포지션에 들어갔다.

2루 주자를 눈으로 견제하고 빠르게 슬라이드 스텝을 밟았다.

[3구 던집니다!]

그의 손을 떠난 공이 빠르게 날아왔다.

예상대로 패스트볼이었다.

페르나는 간결하게 스윙을 시작했다.

'2루 방향으로!'

메이저리그 타자 정도라면 자신이 원하는 방향으로 공을 보내는 건 어려운 일이 아니다.

특히 장타를 노리는 게 아니라면 더더욱 그랬다.

티엉—!

공이 배트에 맞으면서 묵직함이 손에 전달됐다.

페르나는 그 순간을 놓치지 않고 힘을 실었다.

따악—!

경쾌한 타격음이 그라운드를 울렸다.

원 바운드가 된 공이 매서운 속도로 날아갔다. 정확히 원하는 방향으로 타구가 향했다.

속도도 굉장히 빨랐다. 하지만 못 잡을 타구는 아니었다. 빅리그의 내야를 지키는 선수라면 충분히 잡을 수 있는 타구.

거기에는 전제가 붙었다.

평소와 같은 상황이어야 했다.

하워드는 평소와 달랐다. 그의 머릿속에는 잡념이 가득했다. 주루사를 당했던 일이 머릿속을 떠나지 않았다.

그 이유로 반응속도가 느렸다. 그렇다 하더라도 고작 0.x초의 차이일 뿐이다.

하나 야구라는 스포츠에서 그 정도의 방심은 곧 실책으로 이어졌다.

픽!

[아-! 공을 잡지 못했습니다! 글러브를 맞고 튀어나간 공이 방향을 바꿉니다!]

우익수는 백업플레이를 들어가고 있었다.

2루수가 잡지 못할 경우를 대비해 그와 비슷한 선상으로 뛰어가고 있었던 것이다.

하지만 공은 글러브를 맞고 1루 라인을 벗어나고 있었다.

정반대로 흐르는 공에 우익수가 급하게 몸을 틀었다.

[2루 주자 파비오 선수! 3루를 돌았습니다! 홈까지 쇄도합니다!!]

중계하는 캐스터의 목소리가 높아졌다.

"우와아아아아-!"

객석의 관중도 모두 자리에서 일어나 함성을 질렀다.

[우익수 이제야 공을 잡습니다!]

이미 파비오는 홈에 지척까지 다가왔다. 우익수는 결국 홈을 포기할 수밖에 없었다.

"세이프!"

[드디어 첫 득점이 나왔습니다! 인디언스가 선취점을 얻어냅니다!]

2루 베이스 위의 페르나가 환호를 내질렀다. 경기를 결정지을 수 있는 점수였다.

고개를 든 그의 시선이 더그아웃으로 향했다. 때마침 자신을 보고 있던 영웅과 눈이 마주쳤다.

페르나는 손을 들어 주먹을 불끈 쥐어 보였다. 영웅 역시 주먹을 쥐며 그에게 화답했다.

추가점은 나지 않았다. 아쉬웠다. 하지만 선취점을 낸 것만으로도 충분했다.

이제 뒷문을 걸어 잠글 차례였다.

레온은 투수 교체를 명했다.

[인디언스가 투수를 교체합니다.]

[아무래도 경기의 마무리는 윌슨 선수가 맡겠네요.]

아담 윌슨이 마운드에 올라왔다. 영웅은 신중한 얼굴로 그가 공을 던지는 걸 지켜봤다.

'윌슨이라면 충분히 지킬 수 있다.'

그의 눈빛에는 신뢰가 가득했다. 인디언스에는 뛰어난 투수가 많다. 그중에서도 1이닝을 맡길 수 있는 투수는 윌슨이 단연 최고다.

예상대로였다.

뻐엉-!

"스트라이크! 배터 아웃!"

[스탠딩 삼진입니다!]

[5구째에 던진 커터가 매우 예리하게 꺾이면서 존의 끝부분에 걸쳤어요. 타자의 입장에선 반응하기 어려웠을 겁니다.]

첫 타자를 삼진으로 깔끔하게 처리했다.

다음 타자는 하워드였다. 타석에 들어서는 모습에서부터 어깨에 힘이 잔뜩 들어가 있었다.

'실책을 해결하려는 모양새가 역력하군.'

페르나는 상대의 생각을 읽었다. 신인이기에 가능한 일이었다. 만약 노련한 베테랑이라면 자신의 생각을 숨겼을 거다. 하지만 하워드는 그러지 못했다.

그런 타자를 요리하는 건 너무나 쉬운 일이었다.

딱-!

[타구 높게 뜹니다!]

유격수가 안정적으로 공을 잡아냈다.

[투 아웃이 됩니다!]

[너무 성급하게 스윙을 했어요.]

하워드는 고개를 떨어뜨렸다. 그러나 그를 탓하는 사람은 누구도 없었다.

[월드시리즈 우승까지 남은 아웃카운트는 단 하나입니다!]

이제 정말 직전까지 다가왔다.

[세 번째 타자를 상대로 초구 던집니다!]

뻐엉-!

"스트라이크!!"

[초구부터 공격적인 피칭을 이어갑니다!]

마지막 타자임에도 윌슨은 자신의 스타일을 바꾸지 않았다.

공격적인 피칭.

그러자 상대 역시 공격적으로 나왔다.

딱-!

"파울!"

딱—!

"파울!"

연속해서 파울이 나왔다.

'이번에는 공을 빼겠지?'

일말의 방심이 타자의 마음속을 비집고 들어갔다. 그게 실책이었다.

페르나는 다시 한번 패스트볼을 요구했다.

쐐애애액—!

약간의 방심은 반응을 조금 느리게 만들었다.

뻐엉—!

"스트라이크! 배터 아웃!"

[삼진입니다! 월드시리즈 우승반지가 인디언스의 품에 돌아갔습니다!!]

클리블랜드 인디언스의 우승이 확정되었다.

더그아웃을 빠져나오는 영웅은 걸음을 멈추고 하늘을 올려다봤다.

까만 밤하늘에 찬란한 별들이 반짝이고 있었다.

그 별들이 마치 꿈의 그라운드에서 만났던 레전드들인 것만 같았다.

'저…… 우승했어요.'

자신을 이 자리에 있게 해준 그들에게 보고를 한 영웅은 동료들과 함께 우승을 만끽했다.

에필로그

시리즈 MVP에 영웅이 선정됐다.

월드시리즈 MVP에 오른 최초의 한국인 선수가 된 것이다.

경사는 거기서 끝이 아니었다.

사이영 상은 물론이거니와 투수 부문의 대부분 타이틀을 영웅이 손에 쥐었다.

구단은 영웅과 재계약을 위한 준비에 들어갔다. 최고의 조건을 준비하고 있단 기사가 쏟아져 나왔다.

한국에서의 영웅에 대한 주가도 매우 높아졌다.

그러나 좋은 일만 있는 건 아니었다. 원래라면 시즌이 끝난 뒤 귀국을 했어야 될 영웅이다.

하지만 그는 미국에 남았다. 이유는 옆구리 부상 때문이었다.

정밀진단을 받은 결과 근육 파열이 확정됐다. 다행스러운 것은 재활 기간까지 3개월가량이 소요된다는 것이다.

다음 시즌을 준비하는 데 충분한 시간이었다.

영웅은 김성일 박사가 있는 W.S.M에서 재활을 하기로 결정했다.

전 세계에서 스포츠의학으로 최고의 시설을 보유하고 있는 곳이기 때문이다.

"그럼 다녀올게요."

"그래, 몸 건강히 다녀오렴."

"네."

"영웅이 좀 잘 부탁한다."

어머니가 예린의 손을 잡으며 부탁했다.

"걱정 마세요! 제가 옆에 꼭 붙어 있을게요!"

"그래."

자신도 가고 싶었다. 하지만 그럴 수 없었다. 수정이가 중요한 시험을 앞두고 있었기 때문이다. 그렇기에 클리블랜드를 떠날 수 없었다. 그나마 예린이 영웅의 곁에 있으니 안심이었다.

"다녀올게요."

멀어지는 아들을 보며 어머니가 고개를 끄덕였다.

치료는 순조로웠다.

근육 파열이라고는 하나 큰 부상은 아니었다. 특히 스포츠의학의 선구자적 인물인 김성일의 도움으로 완벽한 치료를 할 수 있었다.

"앞으로는 재활만 열심히 하면 됩니다."

"감사합니다."

"하지만 앞으로도 트위스트 투구 폼을 유지한다면 부상은 계속될 겁니다."

이전에도 들었던 이야기다.

"투구 폼을 바꾸는 걸 진지하게 생각해 보길 바랍니다."

"……."

영웅은 바로 대답을 하지 못했다.

그 역시 알고 있었다. 자신의 욕심이라는 걸 말이다. 하지만 끈을 놓을 수 없었다.

결국 대답을 하지 못하고 상담을 끝냈다.

이후 본격적인 재활이 시작됐다.

재활 기간 동안 영웅은 W.S.M이 있는 애너하임의 호텔에서 거주했다.

그사이 최성재는 인디언스와 계약을 진행 중이었다.

좋은 소식이 들려온 건 크리스마스를 앞둔 22일이었다.

"인디언스와 8년 계약에 합의했다. 연봉은 4천만 달러, 총 계약 규모가 3억 5천만 달러다."

"3천만 달러가 높네요?"

"인센티브다. 매년 내용은 조금씩 달라지지만 약간의 보너스라고 생각하면 돼."

웬만한 선수들의 연봉에 해당하는 보너스였다.

"어떻게 할까? 계약 규모를 조금 더 올려볼까?"

"아니에요. 그 정도면 충분할 거 같습니다."

이미 메이저리그 최고의 연봉이다.

최근 구단의 인기가 오르면서 수익이 좋아졌다지만 인디언스는 아직까지 빅마켓이 아니다.

그럼에도 이 정도의 계약 조건을 제시했다는 건 영웅을 확실히 대우한 것이다.

상대가 먼저 예우를 해주면 이쪽에서도 예의를 지켜야 했다.

"알았다. 그럼 이대로 계약을 진행하고 세부사항을 논의하도록 할게."

"예, 부탁드리겠습니다."

"참, 그리고 내일 스케줄 잡혀 있는 거 알고 있지?"

"네, 애너하임 하이스쿨이었죠?"

"그래, 어려운 일은 아니니까 잘 부탁한다."

"네."

다음 날.

영웅은 오전에 최성재와 함께 호텔을 나섰다.

애너하임 하이스쿨에는 역사가 오래된 야구부가 있었다. 그곳에서 영웅에게 강의를 부탁한 것이다.

영웅은 흔쾌히 허락했다. 원래 이런 일에는 발 벗고 나서는 그였다.

"조금 일찍 도착했네."

"그러게요."

차가 밀리지 않은 덕분이었다.

최성재가 어디론가 전화를 걸자 곧 한 남자가 건물에서 나왔다. 30대 초반으로 보이는 백인 남성은 영웅을 발견하곤 환하게 웃었다.

"어서 오십시오! 강영웅 선수를 직접 보게 되어 영광입니다!"

"안녕하세요."

남자의 이름은 로버트였다. 학교 측에서 영웅을 안내해 줄 안내자 역할로 붙여준 사람이다. 원래는 야구부 코치를 맡고 있었다.

"아직 야구부 인원이 모두 모이지 않아서 그러는데, 학교라도 둘러보시는 게 어떻겠습니까?"

"네, 그럼 부탁드리겠습니다."

로버트는 영웅을 데리고 야구부의 역사가 담겨 있는 역사관으로 향했다.

학교의 역사만큼이나 야구부 역시 오랜 전통을 가지고 있었다. 많은 선수를 배출했기에 그만큼 기념품도 많았다.

"이쪽은 우리 야구부가 전미대회에서 처음으로 우승했을 때의 트로피입니다."

가장 먼저 전시된 건 트로피였다.

꽤 오래전의 트로피인데도 관리를 잘한 덕인지 상태가 좋아 보였다.

그 옆에는 한 장의 사진이 놓여 있었다.

그것을 유심히 보자 로버트가 설명을 해주었다.

"우승했을 당시의 멤버들입니다. 이 가운데에 있는 선수가 당시 모든 경기에 나서 노히트노런과 퍼펙트게임을 달성했던 잭 스웨거 선수죠."

"잭…… 이요?"

"예, 아쉽게도 프로는 되지 못했습니다. 당시 한국전쟁에 참전을 했었는데…… 그곳에서 전사를 했다고 들었습니다."

한국전쟁이란 말에 가슴이 두근거렸다.

사진의 화질이 좋지 않아 정확히 확인할 수 없었다.

"혹시 잭이란 선수의 다른 사진이 있나요?"

"다른 사진이요? 흠…… 잠시만요."

로버트는 어딘가로 사라졌다.

다시 돌아온 그의 손에는 낡은 사진 한 장이 들려 있었다.

"학교에 보관된 앨범에서 찾은 겁니다. 당시 경기 사진으로 보이는데, 얼굴은 정확히 나오지 않았습니다."

사진에는 잭으로 보이는 인물이 공을 던지는 장면이 찍혀 있었다.

그 투구 폼은 다름 아닌 트위스트였다.

"그러고 보니 강영웅 선수의 투구 폼과 비슷하네요?"

확실했다.

이 남자는 잭이었다.

자신에게 야구를 가르쳐 주었던…… 그 잭이었다.

"잭……."

그 순간이었다.

갑자기 시야가 흔들렸다.

갑작스러운 상황에 눈을 감았다가 떴다.

"어?"

다시 눈을 떴을 때 그는 다른 공간에 서 있었다.

야구장이었다.

너무나 익숙한 곳이었다.

잊을 수 없었다.

이곳을 떠난 이후에도 단 한 번도 잊지 못했다.

"꿈의 그라운드……."

자신이 야구의 꿈을 키운 곳이었다.

퍽!

뒤에서 묵직한 소리가 들렸다. 고개를 돌리자 마운드가 보였다.

거기에는 한 남자가 서 있었다. 다리를 차올린 남자가 상체를 비틀었다.

"트위스트……."

쐐애애액-!

그의 손을 떠난 공이 매섭게 날아갔다.

퍽!

공은 벽에 부딪혀 땅에 떨어졌다.

"잭!"

영웅은 남자의 이름을 불렀다. 그제야 남자가 천천히 고개를 돌렸다.

그는 잭이었다.

"오랜만이다."

미소를 짓는 그의 모습은 변하지 않았다. 이곳을 떠날 때
와 똑같았다.

"잭!!!!"

영웅은 한달음에 그에게 달려갔다.

오랜만의 해우였다.

"어떻게 된 거예요?! 갑자기 제가 이곳에…… 그리고 다른
사람들은요? 다들 어디 갔어요? 게다가 잭이 한국전쟁에 참
전했다니……! 그건 또 어떻게 된 거예요?!"

영웅은 궁금했던 걸 단숨에 쏟아냈다. 잭은 웃으면서 영웅
의 머리를 헝클었다.

"그렇게 물으면 대답을 할 수 없잖냐?"

"아……."

"그리고 시간이 그렇게 많지 않다."

"네? 그게 무슨……!"

"이곳에 올 수 있는 건 우리들이 남긴 매개체를 얻은 사람
들만이다. 그리고 인생에 딱 한 번, 그것도 아직 성장을 하지
않았을 때만 가능하지."

이전에 들었던 이야기다.

성인이 되기 전만 이곳에 출입할 수 있다.

그것이 규칙이었다.

"아쉽게도 모든 걸 설명하기에는 시간이 부족하다."

벌써 잭의 모습이 흐릿해지고 있었다.

너무 짧은 재회였다.

"버…… 벌써요?"

"영웅아."

부드러운 목소리로 자신을 부르는 잭의 모습에서 영웅은 깨달았다.

다시 이별의 순간이 다가오고 있음을 말이다.

"나는 네가 너만의 야구를 해갔으면 좋겠다."

"저만의…… 야구요?"

"네가 트위스트를 버린다고 해서 우리와의 연결이 끊어지는 게 아니란 뜻이다."

"……."

"트위스트는 나의 것이다. 이제 넌 너의 것을 찾아가길 바란다. 그것이 진정으로 우리가 원하는 것이니까 말이다."

잭이 영웅의 어깨에 손을 올렸다.

"그것을 버린다고 해서 우리와 이별을 하는 게 아니다. 먼 훗날, 넌 이곳으로 돌아오게 될 거다. 그때 너의 길을 개척한 모습으로 보고 싶다."

어느덧 잭의 하반신이 사라져 있었다.

꿈의 그라운드 역시 절반이나 빛으로 사라졌다.

"잭……."

"우리는 이곳에서 널 기다리고 있을 거다. 그러니 너무 조바심을 내지 말 거라."

영웅이 작게 고개를 끄덕였다.

"네가 정말 자랑스럽구나."

잭은 영웅의 넓어진 어깨를 감싸 안으며 그의 등을 토닥여주었다.

눈물이 눈앞을 가리자 영웅은 눈을 감았다가 떴다.

"미스터 강?"

동시에 로버트의 목소리가 들려왔다.

"괜…… 찮으세요?"

걱정 어린 목소리였다.

영웅은 그가 걱정하는 이유를 알았다.

눈물이 볼을 타고 흘렀기 때문이다.

"아, 죄송합니다. 먼지가 눈에 들어가서……."

"아, 예."

"실례가 아니라면 이 사진 제가 가져도 될까요?"

"사진이요? 흠…… 원본은 드릴 수 없고 복사라면 괜찮습니다만……."

"예, 부탁 좀 드리겠습니다."

사진을 돌려받은 로버트가 복사를 해오겠다며 자리를 비웠다.

홀로 남은 영웅은 트로피 옆의 사진을 바라봤다.

'잭…… 그곳에서도 절 걱정하고 있었군요.'

어떻게 다시 만났는지 궁금했다. 하지만 그 의문은 가슴에 품었다.

'다시 만날 날을 기대할게요.'

영웅은 잭에게 작별을 고하며 걸음을 옮겼다.

그 순간 사진에서 황금색 빛이 감돌다가 사라졌다.

클리블랜드 인디언스.

수많은 레전드 플레이어를 낳은 명문 구단이었다.

구단의 홈구장인 프로그레시브 필드. 그곳에는 하나의 동상이 세워져 있었다. 전설적인 투수 밥 펠러의 동상이었다.

그리고 최근 그의 옆에 하나의 동상이 더 세워졌다.

밥 펠러처럼 다이내믹한 투구 폼이 아니었다. 하지만 정석에 가까운 투구 폼을 가진 남자였다.

동상의 발밑에는 그에 관한 설명이 적혀 있었다.

[강영웅]

[클리블랜드 인디언스의 전설적인 투수, 통산 338승 101패 ERA 1.57, 4,017개의 탈삼진과 퍼펙트게임 7회, 노히트노런 11회라는 경이로운 기록을 세웠다. 그는 메이저리그 경력을 모두 인디언스와 함께했으며 은퇴 이후에는 클리블랜드 인디언스의 감독으로서 월드시리즈에서 3번 우승을 경험했다. 클리블랜드 인디언스 역사상 최고의 투수인 그를 기리며 동상을 남긴다.]

눈을 떴다.

어둠의 공간에 서 있었다.

'여긴……?'

철인 같았던 한때를 보냈다. 하지만 세월을 빗겨갈 수 없었다.

그는 죽음을 기다리고 있었다. 매일매일 침대에 누워 연명을 해왔다.

그러나 여기는 자신이 누워 있던 그곳이 아니었다. 생소하면서도 그리움을 느낄 수 있는 공간이었다.

"후우……."

힘겹게 자리에서 일어났다. 스스로 일어났다는 게 신기했다. 최근 몇 년 간 누군가의 도움이 없으면 거동이 힘들었으니 말이다.

"저곳으로 가면 되는 건가?"

저 멀리 새하얀 빛이 보였다. 본능적으로 저곳이 목적지라는 걸 알 수 있었다.

힘겹게 걸음을 옮겼다.

한 걸음, 한 걸음…….

신기한 일이 벌어졌다. 걸음을 옮길수록 뭔가 기운이 샘솟는 느낌이었다.

방금 전까지 일어나는 것조차 힘들었다. 한데 지금은 걷는 게 힘들지 않았다. 오히려 뛸 수도 있었다.

'이게 무슨……?'

오랜 세월을 살았지만 이런 현상은 처음이었다.

저 빛이 가까워질수록 힘이 샘솟았다.

이제는 전력질주가 가능했다.

단순히 힘만 솟는 게 아니었다.

뛰어가는 그의 외모도 변하고 있었다.

눈이 내린 듯 새하얗던 백발은 어느덧 검은색으로 변해 있었다. 주름이 가득하던 피부는 탱탱해졌다. 축 처졌던 살들은 근육질로 변해 있었다.

노인은 다름 아닌 영웅이었다.

메이저리그의 전설이 된 그가 빛을 향해 뛰어가고 있었다.

'기억났다.'

달리는 와중에 그는 기억을 되살렸다. 이곳이 어딘지 떠올린 것이다.

'여긴……!'

수십 년 전.

자신이 야구와 인연을 맺을 수 있게 해주었던 그곳이었다.

곧 빛의 안으로 몸을 날렸다.

강렬한 빛무리에 눈을 감았다.

다시 눈을 떴을 때.

그의 눈가에서 눈물이 흘렀다.

흐릿해진 시야 너머로 자신을 기다리는 일단의 무리가 보였다.

"기다리느라 지루했다."

"이제야 오는 거냐?"

밥 펠러, 사이 영, 베이브 루스, 타이 콥.

익숙한 얼굴들이 그를 반겼다. 그리고 한 남자가 걸어 나왔다.

"잭……."

"어서 와라."

잭이 손에 들고 있던 글러브를 던졌다.

"한 게임 해야지?"

그라운드를 가리키며 말하는 잭의 모습에 영웅이 고개를 끄덕였다.

"예!"

"네가 선발이다."

영웅은 글러브를 착용하고 마운드에 섰다.

타석에는 타이 콥이 들어섰다.

"어디 애송이가 얼마나 성장했는지 한번 볼까?"

타이 콥은 특유의 타격폼을 잡으며 영웅을 도발했다. 변하지 않은 그의 모습에 영웅이 환하게 웃었다.

"예전처럼 쉽진 않을 겁니다!"

"말로는 뭔들 못할까? 어서 덤벼봐!"

"자, 잡담은 거기까지. 이제 게임을 즐겨보자고."

어느덧 심판 마스크를 쓴 잭이 포수의 뒤에 섰다.

그는 마스크를 내리며 소리쳤다.

"플레이볼!"

to be continued

천마사냥꾼

운경 현대 판타지 장편소설

마수가 창궐한 세계.
염동 능력자이자 천마신공의 전수자 적시운.
그가 해야 하는 일은 단 하나.

'살아서 집으로 돌아간다.'

*천마(天魔)[명사]

검은 안식일 이후 지상에
창궐하게 된 마수 무리의 지배자.

*사냥꾼[명사]

사냥하는 자.

스킬의제왕

이형석 퓨전 판타지 장편소설

인간군 검병2부대 소속, 강무열.
과거로 돌아오다.

검과 마법, 그리고 정령까지.
인류가 염원하는 그 힘을 얻을 방법이 내 기억 속에 남아 있다.
미래의 스킬을 아는 자.

후회의 전생을 딛고 신의 땅에서
인류의 멸망을 막기 위해
제왕이 되고자 일어서다!

"이제 내가 권좌에 오르겠다."

Wish Books

뜨겁게 던져라

세상S 장편소설

프로야구 역사상 최악의 먹튀 강동원.
은퇴 후 마지막 기회가 주어진다.

그러나.
트라이아웃에 참가하기 위해
서울로 향하던 강동원은
불의의 사고를 당하고 마는데……

눈을 떠보니 2015년 봉황기 준결승전?

꼬인 실타래를 바로잡고 오랜 꿈이던 메이저리그로!

'제2의 최동원이라고? 노노!
난 메이저리그 에이스 강동원이야!'

지갑송 퓨전 판타지 장편소설

레벨업하는 몬스터

[특성개화 100% 완료]

시스템 활성화
특성 개화로 인하여 종족 변경:
인간 ➡ 몬스터

인간과 몬스터가 공존하는 현대.
갑작스런 특성의 개화.
기사도 사냥꾼도 아닌 몬스터로 종족이 변했다!
더 이상 인간으로 생활이 불가능한 상황!

"도대체 뭘 어떻게 하면 되냐고!"

처절하게 레벨을 올려야
사람으로 살 수 있다!

강화학개론

빈형 게임 판타지 장편소설

[+15 초보자용 하급 단검 강화를 성공했습니다!]

사고와 함께 찾아온 특별한 능력.
남들이 메인 시나리오 퀘스트를 쫓을 때
한시민은 강화 명당을 찾는다!
가상현실 게임 '판타스틱 월드'에서의 강화를 위한 모험!

"아, 빌어먹을. 9강부터 이 X랄이네."

그 유쾌하고 통쾌한 이야기가 시작된다!

쥐뿔도 없는 회구

목마 퓨전판타지 장편소

불친적하기 짝이 없는 이세계 '에리아'.
그곳에 소환된 '이성민'.

13년의 생활 끝에 죽음을 맞이한 그에게
또 한 번의 기회가 주어졌다.

재능이 없다.
그러나 그에겐 13년의 기억이 있다.

우연처럼 엮인 필연이, 그리고 목적이
그를 앞으로, 더 높은 곳으로 나아가게 한다.

이성민은 무엇을 바라였는가.
무엇이 되고 싶었는가.

"나는 다시 살아가 보고 싶다.
전생보다 나은 삶을."